I0674620

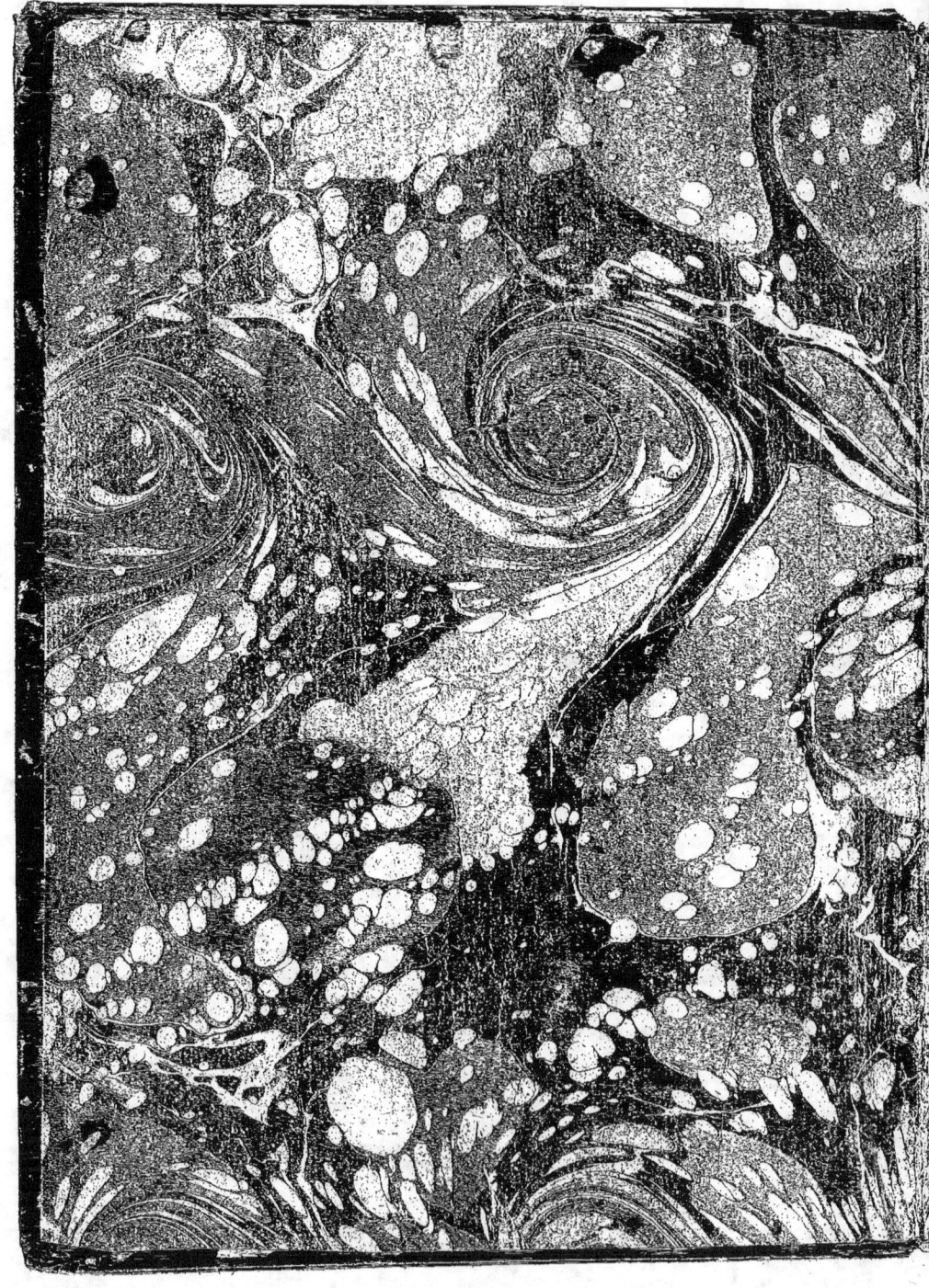

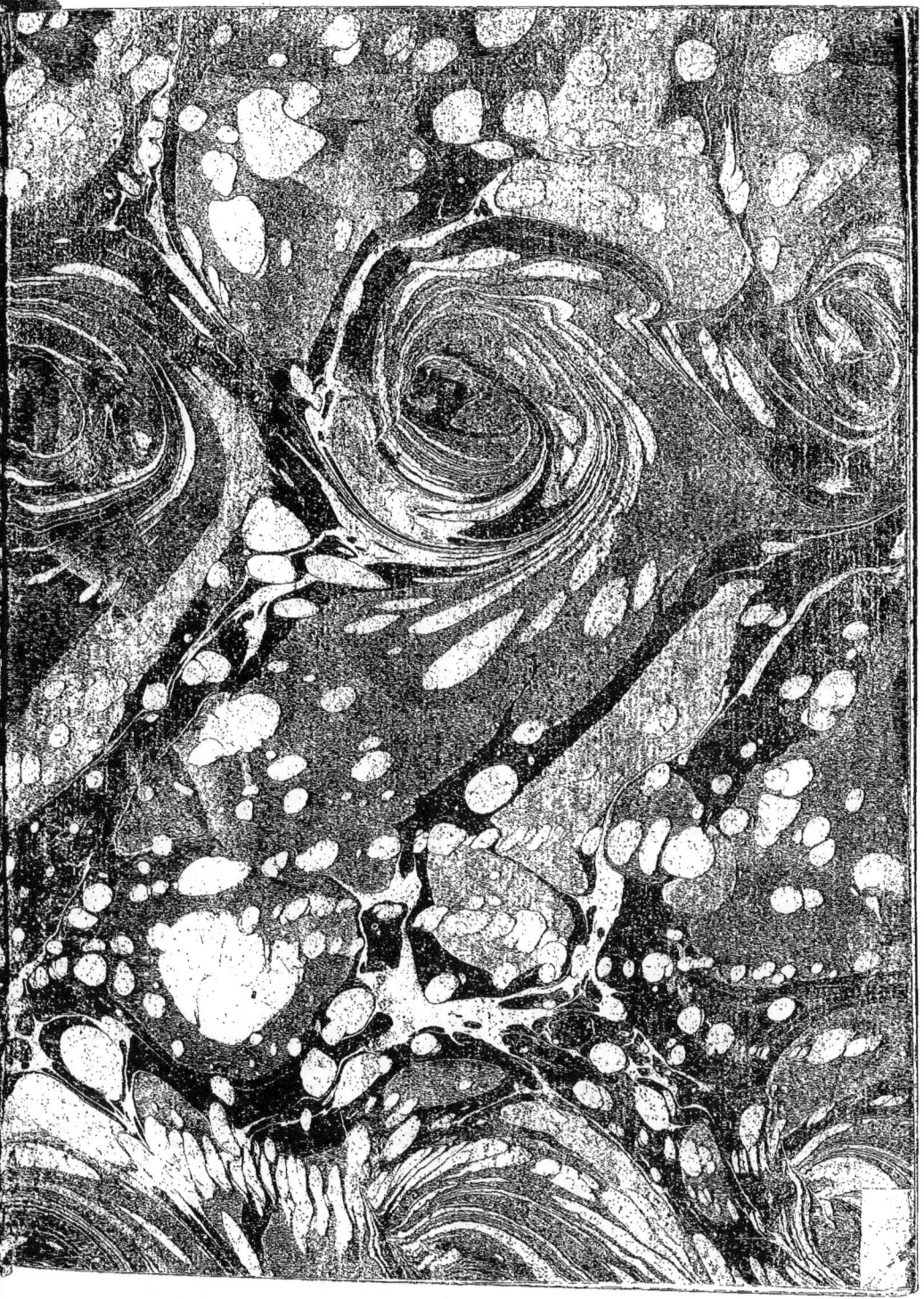

Cat. de ceuxyon. N° 17579.

SOLIMAN
OV
L'ESCLAVE
GENEREVSE,
TRAGEDIE.

A PARIS,

Chez CHARLES DE SERCY, au Palais, dans
la Salle Dauphine, à la Bonne-Foy Couronnée.

M. DC. XXXXXIII.

FAVTES SVRVENVES EN L'IM-
PRESSION.

Page 3. Vers 4. fi hay, lifés fi háy. Page 8. Vers 18 craignez, lifés craigniés. Page 13. Vers 6. fut mit, lifés fut mis.
Page 21. Vers 1. ie en, lifés ie t'en dois. Page 21 treuue, lifés treûué. Page 30. Vers 16. és lieux, lifés les lieux. Page
40. Vers 11. bien fenfe, lifés bien fenfé. Page 76. Vers 9.
qu'ils me, lifés qu'ils ne. Page 87. Vers 8. fon Eftat, lifés ton Eftat.

SOLIMAN
A LA FRANCE.

FRANCE, aymable sejour, vaste & superbe
    Empire,
Ne crains point, si tu vois le Grand Seigneur chez toy,
Tes Villes, tes Tresors, ce n'est pas où j'aspire,
Ny ie ne pretends pas te ranger sous ma Loy.

❊❊❊

Content de mon Estat, content de ma puissance,
Un plus juste dessein porte mes pas icy;
C'est que j'y veux apprendre vn haute science,
Sous vn MAISTRE bien jeune, & bien capable aussi.

❊❊❊

LOUYS est ce grand MAISTRE, & c'est à
    son Eschole;
Que ie viens aujourd'huy pour me faire enseigner;
S'il daigne seulement me dire vne parolle,
Qu'il me rendra sçauant en l'Art de bien reigner!

ACTEVRS.

SOLIMAN, Empereur des Turcs.

ROXELANE, Sultane Reyne.

BAIASET, leur fils.

LE MVFTY.

ACHOMAT, Grand Vifir.

ASASPIE, Efclaue.

HAZAN.

IBRAHIM.

VN CAPIGI.

La Scene eft à Conftantinople.

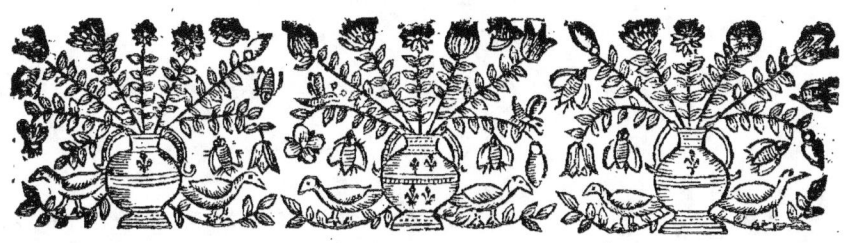

SOLIMAN
OV L'ESCLAVE
GENEREVSE.
TRAGEDIE.

ACTE I.
SCENE PREMIERE.

SOLIMAN, BAIASET.

BAIASET.

PAR ton ordre Seigneur tu me vois à tes piés,
Ou mes deportemens feront iuftifiés;
J'y viens pour diſſiper, la noire calomnie,
Dont ma vertu s'offence, & ma gloire eſt ternie;

A

SOLIMAN.

Te declarer le but de mes intentions,
Et te faire appreuuer par là mes actions.

SOLIMAN.

Mon fils, ie veux parler, auant que vous entendre,
Aprés sur chaque point, vous vous pourrés deffendre,
Vous aurés tout loisir, & serez escouté.

BAIASET.

C'est ce que i'attendois Seigneur de ta bonté.

SOLIMAN.

C'est auec grand regret, puis qu'il faut vous le dire,
Que ie vous vois mon fils deschirer mon Empire.

BAIASET.

Moy Seigneur.

SOLIMAN.

Escoutez, ie ne vous diray rien,
Qui ne soit veritable, & qu'on ne sçache bien;
Dans le gouuernement du Prince vostre frere
Entrer à main armée, en mortel aduersaire,
Desoler le païs, brusler, & piller tout,
Enfin le saccager de l'vn à l'autre bout;
Si ce n'est là mon fils deschirer mon Empire,
Certes, c'est faire encor quelque chose de pire.

Vous pouffez plus auant voftre iniufte deffein,
Vous commettez des gens pour luy percer le fein,
Et fi voftre fureur euft efté bien feruie,
Ce frere fi hayne feroit plus en vie.
Ce font là de beaux traits de generofité,
Pour vous faire connoiftre à la pofterité,
Et par eux voftre nom tout reluifant de gloire
Vous rendra pour iamais l'ornement de l'hiftoire.
Infames actions d'vn fils de Soliman,
Prince indigne de viure, & du nom Ottoman.
I'auois conçeu de vous vne plus haute eftime,
Ie ne vous croyois pas capable d'vn tel crime,
Ie vous penfois plus iufte, & bien plus retenu,
Mais voftre interieur ne m'eftoit pas connu.
C'eft ainfi, que fouuent fous vn mafque hypocrite
Se defguife le vice, & tient lieu de merite,
Qu'vn cœur lâche, & cruel paffe pour vn grand cœur;
Mais on apprend enfin, que ce n'eft qu'vn trompeur,
Et pour auoir d'vn homme entiere connoiffance,
Que l'on n'en doit iamais iuger fur l'apparence.
Vous m'auez efblouy d'vne fauffe vertu;
Mais dans tous mes Eftats l'efclat qu'elle auoit eu,
La reputation, qu'elle s'eftoit acquife,
Peut bien iuftifier vne telle furprife,
Et l'aueugle amitié, qu'vn pere auoit pour vous,
Conforma fon eftime à l'eftime de tous.

Mais, qu'on croit de leger les choses qu'on souhaite,
Je desirois en vous vne vertu parfaite,
De nobles sentimens d'honneur, de probité,
I'en ay veu, quelque effet, ie m'y suis arresté,
Et i'ay pris iusque icy pour grandeur de courage,
Ce que ie reconnois n'en estre que l'image.
Il faut, il faut mon fils viure d'autre façon;
Il faut auant qu'agir consulter la raison,
Et la rendant du cœur maistresse souueraine,
Ne iamais escouter les conseils de la haine;
A surmonter la haine il y va de l'honneur,
Et pour vous il y va de tout vostre bon-heur.
Je ne souffriray pas aussi qu'elle vous dure,
Elle est trop opposee aux loix de la nature,
Et ie ne vous veux plus aduoüer pour mon fils,
Si vous contez Selin entre vos ennemis.
Ce Prince a trop souffert de vostre humeur altiere,
Ie veux, que desormais vous le traittiez en frere,
Que vous luy demandiez pardon de vostre erreur,
Auec tous les respects deus à mon successeur,
Et que vous mettiez fin à ces guerres ciuiles,
Qui ruinent l'Empire, & vous sont inutiles.
Mais enfin dites moy, qui vous a fait armer?
Et contre vostre Sang, qui vous peut animer?
Soliman regne encor, vostre frere vous ayme,
Ie vous cheris aussi, l'Estat en fait de mesme,

Et dans voſtre Prouince en toute ſeureté,
Vous eſtes abſolu ſous mon authorité.
Qu'eſt-ce, que vous pouuez ſouhaiter dauantage,
Deſirez vous mon fils monſtrer voſtre courage,
Par d'Illuſtres exploits aggrandir voſtre nom?
I'y conſens, combatez, Mais hors de ma maiſon;
Portez, portez la guerre au Royaume de Perſe,
Que là pour me ſeruir voſtre valeur s'exerce,
Son Prince de tout temps fut de nos ennemis,
Conqueſtez cét Eſtat, il vous ſera permis,
Mais quoy voſtre valeur n'en veut qu'a ce ſeul frere,
Il nuit à vos deſſeins, il vous en faut deffaire,
Le droit, qu'a ma Couronne il a de ſucceder,
D'vn œil plein de fureur vous le fait regarder;
Mais voſtre ambition ſource de cette haine
Se donne pour le perdre vne inutile peyne,
Ie ſçauray le deffendre, & ie vous feré voir,
Qu'il n'eſt-pas malaiſé de vous mettre au deuoir.

BAIASET.

Ce, qu'on t'a fait ouyr contre mon innocence,
M'oblige à te parler Seigneur en ma deffence,
Et te juſtifier les deſſeins de ton fils.

SOLIMAN.

Ie vous veux bien entendre, & ie vous l'ay promis.

BAIASET.

Tu te plains donc Seigneur, que j'attaque mon frere,
Que j'entre en sa Prouince en mortel aduersaire,
Que la flame, & le fer y seruent ma fureur,
Et que ie l'ay renduë vn Spectacle d'horreur;
A celà; ie respons, qu'il est de la prudence,
Contre ses ennemis d'vser de preuoyance;
Et d'euiter l'effet de leur mauuais dessein;
C'est là ce qui m'a mis les armes à la main.
Ie sçauois, que Selin trauailloit à ma perte,
Ne deuois je pas craindre vne hayne couuerte,
Et peut-on m'accuser de l'auoir astaqué
Si luy mesme en effet le premier a manqué?
Mais toutefois Seigneur pour asseurer ma vie
De le persecuter ie n'ay point eu d'enuie,
Ny d'vser contre luy du fer ou du poison,
Vn fils de Soliman agit d'autre façon;
Ie suis plus genereux, qu'on ne t'a fait entendre,
J'attaque ouuertement, & l'on se peut deffendre,
Ie hay la perfidie, & n'en ay point vsé,
Encor, que faussement on m'en ayt accusé.
Mais si ie ne suis pas digne de ta croyance,
Fais saisir ceux des miens, en qui i'ay confiance,
Fais les mettre à la gene, & par mille tourmens,
Fais sortir de leur sein mes secrés sentimens.

Ainsi la verité paroissant toure pure
Imposera pour moy silence à l'imposture;
Il est bien vray Seigheur, ie ne le cele pas,
I'ay fait à mon aisné la guerre en tes Estas,
Mais ie t'ay déja dit, que ie pouuois le faire,
Puis qu'il se depoüilloit des sentimens de frere,
Et me vouloit oster le bien de la clarté,
Quoy que pendant ta vie il soit en seureté;
C'est là ce que ie puis prouuer à ta hautesse,
Ceux qui de ce cruel en auoient charge expresse,
Et qui n'osans commettre vne telle action
Me vinrent aduertir de son intention,
Iustifieront assés, si tu les veux entendre
Vn Prince malheureux, que l'on vouloit surprendre.
Mais il doit bien attendre au moins pour mon trespas,
Que ta mort l'ayt rendu maistre de tes Estas;
Lors suiuant de ces lieux la barbare maxime,
Que pour reigner sans crainte il s'asseure d'vn crime,
S'il me croit lâche assés pour luy vouloir rauir,
Et le Sceptre, & le iour aulieu de le seruir.
Ie ne me plaindré point de l'effet tiranique,
D'vne si preuoyante, & dure Politique,
Les freres d'vn Sultan luy sont tous ennemis,
Et pour reigner enfin tout luy paroit permis.
Mais il ne reigne pas, tandis qu'il a son pere,
Ce Prince deffiant n'est encor, que mon frere,

SOLIMAN.

Graces au Ciel encor ie rele. e de toy,
Et son authorité ne va pas jusque à moy;
I'ay rendu neantmoins honneur à sa naissance,
Tout autant, que i'ay crû ma vie en asseurance,
Et n'ay iamais pour luy manqué d'aucun respect,
Que, quand sa lâcheté me la rendu suspect.
Mais ne m'accuse point de le charger d'vn crime,
Quand ie n'ay point pour moy d'excuse legitime;
Nous auons des tesmoins gens de bien, & de foy,
Si tu le veux permettre, ils parleront à toy,
Et quand ils t'auront fait vn rapport veritable,
Tu verras de tes fils, lequel est le coupable.

SOLIMAN.

Si vous ne l'estiés pas, qui vous a retardé,
De me venir trouuer, quand ie l'ay commandé?
Et ne deuiez-vous pas par vostre obeyssance,
De vostre procedé me monstrer l'innocence?
Que ne l'auez vous fait au premier mandement?
Mais vous estiés coupable, & craigniés justement.

BAIASET.

Si tu le crois Seigneur, hé bien ie le confesse,
Mais si j'ose parler encor à ta hautesse,
Tu ne m'as enuoyé, qu'vn ordre seulement,
Et ie iure d'auoir obey promptement.

SOLIMAN.

SOLIMAN.

Ie ne veux point agir en Juge trop seuere,
Mon fils, j'escouteré ces gens de vostre frere,
Faites les moy venir tantost; & ie verré,
Ce qu'ils diront pour vous, & ce que j'en croiré.
Que leur diuision me donnera de peyne!
N'est-il point de moyen pour estouffer leur hayne,
O! Ciel de ta bonté j'espere ce bon heur,
Mais qu'est-ce que tu veux? parle,

SCENE II.

SOLIMAN, VN CAPIGI, HAZAN.

LE CAPIGI.

Vn Courrier Seigneur
Desire te parler,

SOLIMAN.

D'où vient-il?

LE CAPIGI.

De l'Armée.

B

SOLIMAN.

Qu'il entre, qu'à ce mot mon ame est allarmée,
Ie crains quelque malheur, & ie ne sçay pourquoy,
Mais cette vaine crainte est indigne de moy.

HAZAN.

Pertaue à ta hautesse enuoye cette Lettre,
Qu'en tes mains seulement i'ay charge de remettre.

LETTRE,

SEigneur tu n'as plus d'ennemis,
Ils sont tous ou mors, ou soumis,
Par mon bras le Ciel t'en deliure,
La Thrace n'en souffrira plus,
Et de ces reuoltés vaincus,
Le Chef cesse aujourd'huy de viure.

L'imposteur est mort à mes yeux,
Mais en mourant ce factieux
Nomme la cause de son crime,
Bajaset, dit-il est l'autheur
De ma faute, & de mon malheur,
Et m'oste la vie, & l'estime.

✤

Celuy, qui te rend cét escrit,
Ayant oüy ce qu'il a dit,
Peut confirmer cette nouuelle,
Ie t'en respons, il est à moy,
A ces discours adjoute foy,
Il a veu mourir le rebelle.

✤

Aussi j'enuoye à ta grandeur,
La femme de cét imposteur,
Qu'on doit nommer vne merueille,
Chacun admire ses appas,
Et dés lors, que tu la verras
Tu la iugeras sans pareille.

PERTAVE.

SOLIMAN.

Dit-il vray le Bassa? croiray-je de mon fils
Qu'il soit d'intelligence auec nos ennemis?

HAZAN.

Ce qu'escrit le Bassa, Seigneur est veritable.

B ij

SOLIMAN.

Helas ! si ie le croy, mon fils est donc coupable.
Mais que ie sçache tout ;

HAZAN.

Tu sçauras tout Seigneur ;
Quand, Pertaue eust vaincu Mustapha l'imposteur,
Pour l'honneur de son Prince, & pour sa propre gloire
Ce genereux Bassa poursuiuit sa victoire.
Mustapha fait retraitte ; on le suit, on le ioint,
Ceux, dont il est suiuy ne nous resistent point ;
Ainsi seul contre nous on le saisit sans peyne,
Le Bassa l'interroge, & luy craignant la gesne,
Confesse dés l'abort toute la verité,
Qu'à se dire ton fils Bajaset l'a porté
Qu'ayant de Mustapha tous les trais de visage
Le geste lagrement, l'air, la parolle, & l'aage,
Il passoit pour ce Prince & fils de Soliman
Quoy, qu'il fut au tombeau déja depuis vn an,
Qu'il auoit ioint encor à cette ressemblance
Vne fourbe subtille, & pleine d'aparence ;
C'est, que pour se soustraire à ta seuerité,
Lors que dans la Syrie il se fut reuolté,
Preuoyant le malheur, qui menaçoit sa vie
S'il eust aueuglement ta volonté suiuie,

Il ne fut point te voir, comme tu le voulois,
Craignant de voir le iour pour la derniere fois.
Que ne l'ayant point veu dés sa plus tendre enfance,
Tu n'auois de ses traits aucune souuenance,
Et qu'vn simple Soldat, qui luy ressembloit fort,
Auant que te parler pour luy fut mit à mort;
Et qu'aprés que du corps l'ame fut separée
Cette masse de chair fut peu consideree,
Que tu ne la vis point, & que l'on mis pour lors
Le Prince Mustapha dans le nombre des mors.
Puis il dit au Bassa, que par ce stratageme
Il n'auoit pas dessein de se seruir luy mesme,
Qu'il suiuoit en celà les ordres de ton fils,
Et qu'il s'estoit perdu pour les auoir suiuis,
Que mesme Bajaset soudoioit son armée,
Et qu'vn esclat trompeur, vne ombre, vne fumée,
Le nom de Mustapha, qui l'auoient esbloüy,
Faisoient qu'à Bajaset il auoit obëy,
Sans que iamais pourtant en quelque confidence
Des desseins de ton fils il eust eü connoissance.
Aprés, que le Bassa sçeut ce qu'il souhaitoit,
Il le fit estrangler, comme il le meritoit,
Encor qu'auec instance il demandast la vie,
Par nos gens, cependant sa femme est poursuiuie,
On la prend, & ie croy que bien-tost dans ces lieux
Ta hautesse verra ce chef d'œuure des Cieux.

SOLIMAN.

Quoy donc de l'imposteur, vous estes le complice
Prince lasche, perfide, & digne du supplice ?
Donc vous prestés la main à sa rebellion.
Mais que dis-ie, il ne sert qu'à vostre ambition,
Et luy mesme vous nomme en cette conioncture
Là cause de sa perte, & de son imposture,
Et mauuais seruiteur d'vn Maistre criminel,
Iette sur vostre nom vn opprobre eternel ;
Mais la Sultane vient ; caschons luy nostre peyne,
Madame quel subjet en ce lieu vous ameine ?

SCENE III.

SOLIMAN, ROXELANE.

ROXELANE.

QVi m'ameine en ce lieu, Seigneur ? ne sçays tu pas,
Que la crainte & l'Amour y conduisent mes pas ?
On accuse mon fils, & ie viens pour apprendre,
Si l'Amour paternel a bien sçeu le deffendre,
Ie te viens demander si tu l'as condamné,

Si l'on sacrifiera le cadet à l'aisné,
Et si de tes soupçons deplorable victime
Pres d'vn pere si bon l'imposture l'oprime.

SOLIMAN.

L'imposture en cecy n'agit aucunement,
Je le tiens criminel sur vn vray fondement,
Et pleust au iuste Ciel qu'il fut moins veritable,
Mon cœur souffre beaucoup à le croire coupable,
Aussi ne veux-je pas luy denier vn point.
Qu'aux plus grands criminels on ne denieroit point,
C'est d'entendre parler quelques gens de son frere,
Par qui Selin dit-il taschoit de s'en deffaire
Mais qui tremblans d'horreur pour cét acte inhumain,
Et n'osans accomplir son barbare dessein
L'en furent aduertir, & luy firent connaistre,
Qu'ils ne feroient iamais vn crime pour leur Maistre,
Je les veux escouter, & vous deués sçauoir,
Que pour luy la nature a bien fait son deuoir.

ROXELANE.

Que cette grace, ô Ciel, si long-temps attendüe
Me donne peu de joye, & m'est bien cher vendüe!
Si i'ay pû par mes pleurs esmouuoir ta pitié,
Je ne reçois de toy, qu'vn bien fait a moitié,
Et de mes deux enfans, quand tu m'es fauorable,

Pour justifier l'vn tu fais l'autre coupable,
Car il n'est-pas permis pour s'asseurer son rang;
Qu'vn frere perde vn frere, & respende son sang;
Qu'ay-je donc obtenu de ta bonté supréme,
Si le criminel change, & le crime est le méme?
Ne sont-ils pas tous deux formés du mesme sang,
Et n'ont-ils pas receu la vie au mesme flanc?
Faut il, que l'vn des deux soit à l'autre perfide,
Que l'vn d'eux ayt voulu commettre vn Fratricide,
Et soit indigne enfin de nostre affection,
Ou par la defiance, ou par l'ambition.

SOLIMAN.

Vn pere entre ses fils sera Iuge équitable.

ROXELANE.

Pourras-tu te resoudre à punir le coupable?

SOLIMAN,

Ne vous allarmés point sans en auoir subjet,
Le temps justifiera peut-estre Bajaset.

ROXELANE.

Hé s'il est innocent, que deuiendra son frere?

SOLIMAN.

Ne craignés rien pour luy, si son Iuge est son pere.

SCENE IV.

ROXELANE SEVLE.

IE n'aurois pas raison d'aprehender pour luy,
Selin dedans ce lieu ne manque pas d'apüy,
Et quoy, que le Sultan, m'ayt voulu faire entendre,
L'Amour, qu'il a pour luy trauaille à le deffendre.
Ie crains pour Bajaset, il cause mon soucy,
Peut estre, que sa vie est en danger icy;
Et qu'il seroit besoin auec son innocence,
Qu'il eust pour se deffendre vn peu plus de puissance,
Qu'en teste d'vne armée il se fit redouter,
Et qu'on n'eust pas enfin pouuoir de l'arrester;
Mais il est hors d'estat d'euiter la tempeste,
Si l'on luy veut lancer le foudre sur la teste,
Il s'est mis en hazard, pour estre obeyssant;
On l'accusoit bien moins, quand il estoit absent,
Mais le respect, qu'il rend aux ordres de son pere,
L'expose à la rigueur d'vn iugement seuere,
Prince par tout ailleurs, il est subjet icy;
Et l'on l'y peut traiter comme vn subjet aussy;
Ce fils, que j'ayme tant perdroit icy la vie?

C

Sa mort d'vne autre mort seroit bien-tost suiuie,
Celle de cét aisné cause de son malheur
Seruiroit de remede à ma iuste douleur,
Si l'Amour du Sultan, pour Selin est extresme,
Pour mon cher Bajaset mon Amour est de mesme,
Si l'on veut empescher le trespas de l'aisné,
Il faut, que le cadet ne soit pas condamné,
Si l'on m'ose affliger, que l'on craigne ma haine,
Il n'est rien d'impossible à la Sultane Reyne;
Je n'auray pas besoin de faire vn grand effort,
Dés que ie parleré, c'en est fait il est mort;
Mais ie m'eschauffe trop, sans qu'il soit necessaire,
On n'oste pas encor Bajaset à sa mere,
On veut encor l'entendre, & s'il est escouté,
Je puis aparemment le croire en seureté !
Pour condamner vn fils, il ne faut point l'entendre,
A la moindre parolle, on se laisse surprendre,
Et l'on n'en peut ouyr vn soupir seulement,
Sans qu'vn pere aussi-tost change de sentiment.
Mais il ne suffit pas que la nature agisse,
Et que mesme pour luy se treuue la Iustice,
Il faut, que la raison soustienne son party;
C'est, en quoy j'ay besoin de l'ayde du Mufty !
Cét homme s'est acquis auec son eloquence
Sur l'esprit du Sultan vne grande creance,
Soliman le cherit, & ne fait iamais rien,

Que sur tout autre aduis il ne suiue le sien;
Faisons donc, qu'il luy parle, & que par son adresse
Bajaset soit absous, & que ma crainte cesse.
Comme il est tout à moy, ie m'en puis asseurer,
Et dessus son credit ie puis tout esperer;
Mais me seruir de luy semble faire paraistre,
Qu'il a plus de pouuoir sur l'esprit de son Maistre,
Que moy, qui jusqu'icy n'auois rien demandé,
Qu'il ne m'eust aussi-tost aisement accordé;
Moy de qui l'on a veu l'adresse plus qu'humaine
Faire d'vne sujete vne Sultane Reyne,
Qualité glorieuse, & que depuis long-temps
Les femmes ne pouuoient obtenir des Sultans;
Moy, qui suis paruenüe à ce degré surpreme
Par l'Amour du Sultan, & ma faueur extreme
J'employeré du Mufty le credit aujourd'huy;
Ah ne balançons point à nous seruir de luy,
Et ne regardons point, s'il y va de ma gloire,
Nul moyen n'est honteux, qui donne vne victoire.
Enuoyons le chercher, faisons que promptement
Il parle à l'Empereur selon mon sentiment,
Aprés si ce discours ne peut rien sur son ame
Suffit pour mon dessein, que Roxelane est femme.

Fin du premier Acte.

C ij

ACTE II.
SCENE I.

SOLIMAN, ACHOMAT, LE MVFTY

SOLIMAN.

VOus, que i'ay consultés dans toutes mes affaires,
Et de qui i'ay reçeu des conseils salutaires,
Amis de Soliman, appuys de son Estat,
Mufty prudent & sage, & vous braue Achomat,
Ie veux vous confier vn secret d'importance,
Mais ie ne vous en puis donner la connoissance,
Si vous ne m'asseurés, qu'vn discours indiscret
Ne vous fera iamais découurir mon secret :

LE MVFTY.

Si tu n'és pas Seigneur asseuré de mon zele,
Et si tu ne me crois vn confident fidelle,
Ne me découure point ce secret important.

ACHOMAT.

Seigneur fur ce fubjet ie en dois dire autant,
Si ma fidelité tant de fois efprouuée,
Au point où tu la veux, n'eftoit pas arriuée,
Ne me fais point fçauoir ce qui fe doit celer,
Mais, fi tu la cognois, ne crains point de parler,
Si l'on apprend par moy ce fecret qui t'importe,
Ofte moy pour iamais l'honneur d'eftre à ta porte,
La garde de tes fceaux, & m'ofte enfin le jour,
Si ie t'ofe trahir par vn fi lafche tour.

SOLIMAN.

C'eft affés, ie vous crois l'vn & l'autre fidelle,
Que ie vais vous apprendre vne eftrange nouuelle,
Et qui furprendra bien fans doute vos efpris,
Si mefme Soliman s'en eft treuué furpris.
Helas! que la fortune eft legere & volage,
Que toute fa faueur eft vn foible aduantage,
Si lors, que l'on la croit poffeder pleinement,
On s'en treuue priué par vn prompt changement,
Ie n'ay point combatu fans gaigner de victoire,
Toutes mes actions ont augmenté ma gloire,
J'ay veu tous réüffir les deffeins que i'ay faits
Et l'Europe & l'Afie, en fentent les effés,
Tant d'ennemis vaincus, tant de forces domptées,
Tant de fameux exploits, de places emportées.
Mais tout ce grand bon-heur, que i'ay tant fouhaité,

Quand j'en ay crû joüir, ne m'apoint contenté;
Dequoy me sert aussi l'invincible puissance,
Qui range tant d'Estats sous mon obeyssance;
Si iamais l'union ne reigne entre mes fils,
Et si ie ne puis voir leurs discords assoupis.
La grandeur seulement n'est pas ce qui contente,
Sans le repos d'esprit la Couronne est pesante,
Et pour grand que l'on soit, s'il reste des desirs,
On ne sçauroit manquer d'avoir des desplaisirs.
C'est ce que ie cognois par mon experience;
Si l'on en veut oüyr la commune creance,
C'est estre bien heureux, qu'estre toûjours vainqueur,
Mais chacun ne sçait pas, que mon mal est au cœur.
Le peuple ne void pas dans son erreur grossiere,
Que satisfait en Prince, on peut souffrir en pere,
Et que c'est vn grand mal de se voir obligé,
De paroistre content, quand on est afligé.
Dur & funeste sort, dans le rang ou nous sommes,
De ne pouvoir agir comme les autres hommes,
Et de nous voir privés de nostre liberté;
Avec tant de puissance, & tant d'authorité ?
Aussi ne puis-je plus à la fin me contraindre,
Et quoy que les grands cœurs ne doivent pas se plaindre,
Ie me plains toutefois; qu'avec tout mon pouvoir,
Le seul bien que ie veux, ie ne le puis avoir.
Ie voudrois voir mes fils en bonne intelligence,

Qu'ils n'euſſent l'vn de l'autre aucune deffiance,
Et que viuans en paix dans leurs gouuernemens,
Ils euſſent du reſpeſt pour mes commandemens.
Mais encore Selin n'eſt-il pas ſi coupable,
S'il m'a deſobëy ſa faute eſt excuſable,
Son frere l'attaquoit, & s'en voyant preſſer,
Il a crü le pouuoir juſtement repouſſer.
C'eſt ce, que toutefois Bajaſet me denie,
Et ce, que hautement il nomme calomnie.
Il dit plus, que Selin employe tous ſes ſoins
A le faire perir, qu'il en a pour teſmoins,
Ceux meſmes, qui deuoient ſeruir à ſa ruïne,
Et qui par vn effet de la bonté Diuine,
Afin de le ſauuer luy vinrent découurir,
Qu'on les auoit chargés de le faire mourir;
Bajaſet ce matin me tenant ce langage,
Sur Selin peu s'en faut remportoit l'aduantage,
I'eſtois preſt à le croire, & ie n'attendois plus,
Que d'entendre parler ſes teſmoins là deſſus,
Quand on m'a fait ſçauoir, ô fâcheuſe nouuelle,
Que le faux Muſtapha, ce traiſtre, ce rebelle,
L'auoit de ſa reuolte en mourant accuſé,
Et que ſans luy iamais il n'auroit rien oſé.
Ce diſcours vous ſurprend, mais il eſt veritable,
De ſa rebellion Bajaſet eſt coupable,
Pertaue m'en aſſeure, & meſme cét eſcrit

Vous pourra confirmer, ce que ie vous ay dit.
Ie vous laisse à iuger des troubles de mon ame,
A l'instant, que i'ay sçeu cette action infame,
A l'instant, que i'ay sçeu qu'vn Prince de mon sang
Par cette lascheté deshonnoroit son rang;
Ie me plaignois souuent, qu'il haïssoit son frere
Helas! c'estoit bien moins, que s'en prendre à son pere,
Et pour executer ses coupables projets,
Armer insolemment contre moy mes subjets.
Mais quel estoit son but, & que pensoit-il faire,
Ce fils denaturé cét esprit temeraire?
Quoy vouloit-il reigner. croyoit-il, que mes iours
Pour son ambition eussent vn trop long cours?
Et que pretendoit-il auec cét artifice;
Ce dessein quel qui fut, auoit peu de Iustice,
Et mesme il ne pourroit, qu'auec difficulté
S'emparer de mon Throsne, ou m'oster la clarté.
Mon Sceptre aprés ma mort appartient à son frere,
Si c'est là son espoir, c'est en vain qu'il espere;
Pour moy, ie ne crains rien de ses mauuais desseins,
Ie le tiens le perfide, il est entre mes mains,
Ie puis, si ie le veux le priuer de la vie;
Mais ie n'ay point voulu, qu'elle luy fut rauie
Sans auoir sur son crime escouté vos aduis,
Les seuls que ie veux prendre, & qui seront suiuis;
Faites moy donc sçauoir, ce qu'il faut que ie fasse,

Si ie

Si ie dois le punir, ou bien luy faire grace.

LE MVFTY.

Puisque tu veux Seigneur sçauoir mon sentiment,
Ie suis prest d'obeyr à ton commandement,
Et te vais declarer ce que le Ciel m'inspire,
Ce qu'à fait Bajaset pour toy, pour ton Empire,
Sa vertu sans égalle, & sa haute valeur,
A parler librement ont causé son malheur.
On n'a pû voir Seigneur, qu'auec des yeux d'enuie,
Les belles actions d'vne si belle vie,
Et ie diré de plus encor s'il m'est permis,
Que sa seule vertu luy fait des ennemis.
Mais quittons vn discours, qui peut-estre t'irrite,
Ie dis donc seulement Seigneur, que son merite
Le doit mettre à couuert des trais de ta rigueur,
Et qu'il n'est criminel, que d'auoir trop de cœur,
Pouuoit-il suporter les mespris de son frere ?
Ce Prince de tout temps à son bon heur contraire,
Le traitoit en vassal, & taschoit sourdement,
De se rendre le Maistre en son gouuernement.
Bajaset, qu'on traitoit auec tant d'injustice
Veut se fortifier contre cét artifice,
Recherche les moyens de conseruer son bien,
Et se met en estat de n'apprehender rien,
Et comme il est aymé de toute sa Prouince,

D

Elle prend auſſi-toſt l'intereſt de ſon Prince,
Luy fournit de l'argent, & dans deux mois de temps,
Elle luy met ſur pied vingt mille combattans.
Son frere, qui ſe void ainſi dans l'impuiſſance,
D'acheuer ſes deſſeins ſelon ſon eſperance,
Dans ſon gouuernement fait leuer des Soldas,
Mais ſon projet encor ne luy reüſſit pas,
Huict mille combattans compoſent ſon Armée,
Lors contre Bajaſet ſa hayne eſt rallumée,
Et par vn mouuement indigne d'vn grand cœur,
Il ſe laiſſe emporter à toute ſa fureur.
Seigneur tu ſçais le reſte, & de Bajaſet meſme,
Iuſques, où la porté cette fureur extreſme,
Tu ſçais le noir deſſein, qu'il auoit projetté,
Et qui graces aux Cieux n'eſt point executé.
Aprés cette action, ſi Selin n'eſt coupable,
Ie le confeſſeray, Bajaſet eſt blâmable,
Il fait à ſon aiſné la guerre injuſtement,
Enfin ſon procedé merite chaſtiment.
S'il eſt permis auſſi de conſeruer ſa vie,
Contre les ennemis dont elle eſt pourſuiuie,
On ne peut accuſer le Prince Bajaſet,
Puis que ſe conſeruer eſt tout ce qu'il a fait.
Nous n'auons rien Seigneur de ſi cher, que la vie,
Vouloir ſe l'aſſeurer, c'eſt vne juſte enuie,
Ce treſor precieux, dont on fait tant de cas,

Alors qu'il eſt perdu, ne ſe recouure pas;
Comme c'eſt vn bon-heur, a qui tout autre cede,
Si l'on veut en priuer celuy qui le poſſede,
Il peut ſans iniuſtice en cette extremité,
N'eſpargner pas celuy, dont il eſt mal traité;
Bajaſet, dont l'eſprit à peu de violence,
N'a pas voulu porter iuſque là ſa vengeance,
Toûjours Maiſtre abſolu de ſon reſſentiment,
Il a fait eſclater ſon pouuoir ſeulement,
Et toûjours a fait voir en Prince magnanime,
Que dans tous ſes deſſeins il n'entre point de crime.
Selin taſche à le perdre, on luy vient découurir,
A de lâches moyens le voit-on recourir,
Pour mettre en ſeureté, ſa vie, & ſa fortune?
Si ce Prince n'euſt eü, qu'vn vertu commune,
Il euſt cedé bien-toſt au violent tranſport,
Qu'excite dans les cœurs la crainte de la mort,
Et voulant preuenir tout accident ſiniſtre,
Il euſt de ſa fureur treuué plus d'vn Miniſtre;
Mais il s'eſt comporté plus genereuſement,
Auſſi void on agir les grands cœurs autrement.
Il a toûjours häy ces hommes mercenaires,
Qui ſe portent à tout, par l'eſpoir des ſalaires,
Qui lâches, & cruels du ſang des Souuerains
Oſent meſme ſoüiller leurs ſacrileges mains,
Et loing de s'en ſeruir on ſçait bien, quel ſuplice

D ij

A ces cœurs inhumains ordonne sa Iustice.
Enfin chacun Seigneur sçait, qu'il ne s'en sert point,
Et que s'il a manqué, ce n'est pas en ce point.
Mais il est accusé d'vne action plus noire ;
Helas ! que d'enuieux s'attaquent à sa gloire,
On dit, qu'en expirant Mustapha l'imposteur
De sa rebellion l'a declaré l'autheur ;
Certes ses ennemis ont beaucoup d'impudence,
Où leurs foibles esprits manquent bien de prudence,
Quoy ne iugent-ils pas, qu'vn traistre vn imposteur
Ne sçauroit pres de toy passer, que pour menteur,
Qui se disoit ton fils auec tant d'insolence,
Quoy que l'on fut certain de sa basse naissance,
Croyant par vn mensonge éuiter le trespas,
Sans doute en ce rencontre a dit ce qui n'est pas ;
Il a crû, qu'on voudroit en sçauoir d'auantage ;
Et celuy qui se void prest de faire naufrage
Dans l'extreme desir, qu'il a de se sauuer,
S'attache fortement à ce qu'il peut trouuer,
Et n'examine pas dans sa crainte excessiue,
Si son flottant Asile ira jusque à la riue.
Ainsi ce malheureux se voyant en danger,
Du crime, qui le perd tâche à se descharger,
En couure Bajaset, & blesse ainsi sa gloire,
Et si Selin se fut offert à sa memoire,
Afin de gagner temps en cette occasion,

Il l'auroit accusé de sa rebellion.
Quoy Seigneur, le hazard sera t'il donc capable,
De te faire traiter Bajaset en coupable,
On cherchoit vn grand nom, afin de s'en couurir,
Si le sien s'est treuué, quoy doit-il en mourir ?
Au fourbe connu tel donneras-tu creance,
Vn criminel peut-il accuser l'innocence,
Et peut-il tesmoigner contre ton propre fils,
Luy qui fut le plus grand de tous tes ennemis.
Mais si cette raison n'estoit pas assez forte,
Considere Seigneur, le respect qu'il te porte,
De tes commandemens il se fait vne Loy,
Ta hautesse l'appelle, il se rend prés de toy,
Craint-il de hazarder ses gens par son absence,
Void on, qu'il les prefere à son obeyssance,
Ses plus chers interests ont-ils eü le pouuoir
De luy faire oublier, quel estoit son deuoir ?
Void on, qu'vn criminel à ses Iuges se montre,
Tant qu'il a le pouuoir d'éuiter leur rencontre ?
Non, non il ne l'est point, & l'on l'accuse à tort
Ne condamne donc pas Bajaset à la mort,
Ne le crois point autheur d'vne infame cabale,
Ny l'ennemy juré de ta Maison Royale.

ACHOMAT.

Seigneur, ce qu'on t'a dit du Prince Bajaset,

D'vne hayne cachée est peut-estre l'effet,
Peut-estre, qu'on en veut à sa vie, à sa gloire,
Mais ce n'est qu'vn peut-estre, & qu'on peut ne pas
     croire;
Et puis qu'il m'est permis de parler franchement,
Je ne contraindray point icy mon sentiment.
De deux crimes tres-grands, on dit qu'il est coupable;
L'vn & l'autre Seigneur est plus que vray semblable.
N'a t'il pas attaqué Selin ouuertement,
N'a-t'il pas desolé tout son gouuernement?
Combien auons nous veü par ses guerres ciuiles
De carnages affreux aux Champs, & dans les Villes?
Combien de tes subjets massacrés par ses mains,
Qui vouloient faire obstacle au cours de ses desseins?
Par son ambition les Villes sont bruslées,
Leurs Habitans sont morts, les Prouinces pillées,
Et tous és lieux enfin où ses gens ont esté;
Sont de sanglans pourtraicts de la calamité;
Mais n'a t'il pas encor commis de plus grands crimes,
Combien s'est sa fureur immolé de victimes,
Combien a-t'elle fait d'injustes ennemis,
Quand il a fait combattre vn pere contre vn fils,
Inspirant à ce fils pour combattre son pere
Les sentimens qu'il a de hayne pour son frere.
Selon mon sentiment cette seule action,
A merité Seigneur vne punition.

Quoy porter la nature ainſi contre elle meſme,
Contraindre de haïr les perſonnes qu'on ayme,
O ! Ciel qu'elle injuſtice, & qu'elle impieté,
D'impoſer hautement cette neceßité.
Il l'a fait cependant, perſonne ne l'ignore,
Et ie pourrois bien dire à ta hauteſſe encore,
Que d'auoir mis aux mains parens contre parens,
C'eſt vn chemin ouuert à des crimes plus grans,
Que quand on void ſouuent des crimes de la ſorte,
On en a moins d'horreur, qu'aiſément on s'y porte,
Et qu'ainſi Bajaſet pourroit eſtre accuſé,
Quand il a fait oſer d'auoir luy meſme oſé,
Et d'auoir attenté ſur les iours de ſon frere;
Cette action eſt-elle à ſon humeur contraire ?
Quiconque le connoiſt ſçait que l'ambition
Fut toûjours de ſon cœur la ſeule paßion,
Et que tout ce qui rend cette paßion vaine,
Fut & ſera toûjours vn objet de ſa hayne.
Ce que ie dis Seigneur, on ne peut le nier,
Et ie n'ay pas deſſein de le calomnier.
Ses moindres actions, ſes parolles, ſes geſtes
En font à tout moment des preuues manifeſtes,
Et plus encor Seigneur, ce qu'il ne peut cacher
Et qu'à iamais Selin luy pourra reprocher,
Vouloir pouſſer à bout l'heritier de l'Empire
Son frere, ſon aiſné, qu'elle action eſt pire,

Et peut à tes subjets imprimer plus d'horreur,
A moins que dethroner nostre auguste Empereur?
Et sans doute qu'un iour il se pourra deffaire
De tout ce qui l'empesche, & d'un frere & d'un pere,
Si tu ne te resous d'agir comme tu dois,
Et soumettre sa teste à la rigueur des Loix.
Peut-estre ce discours me perdra, mais n'importe.
Vn fidelle subjet doit parler de la sorte,
Achomat a toûjours regardé le present,
Il n'a point pour le crime un esprit complaisant,
Quand il seroit certain, que Bajaset luy méme
Possederoit un iour ta puissance supréme,
Quand il seroit certain, que l'on le puniroit
De la méme façon. Achomat parleroit,
Mais on t'asseure encor qu'il seruoit un rebelle,
Quoy que cette action soit lâche & criminelle,
Et que le seul penser en soit méme odieux,
Dequoy n'est pas capable un homme ambitieux.
Et pourueu qu'à son gré, son dessein reüsisse,
Le void on repugner a faire une injustice?
Il a de grands desseins que chacun ne sçait pas,
Sans doute qu'il en veut Seigneur à tes Estas,
Et qu'à lors que l'on croit qu'il n'en veut qu'à son frere,
Il tâche à s'emparer du Thrône de son pere,
On en void le dessein assez bien concerté,
D'un costé Mustapha, luy d'un autre costé,

                                            L'un

L'vn au cœur de l'Eſtat, l'autre ſur les frontieres,
Et dans leurs intereſts des Prouinces entieres;
Ainſi tu peux juger par ce commancement,
Que l'on n'accuſe pas Bajaſet fauſſement:
Mais conſidere encor de plus prés cette affaire,
Il tâche à perdre vn frere, & fait reuiure vn frere,
Selin eſt vn obſtacle à ſa pretention,
Il le veut immoler à ſon ambition,
Et craignant de manquer ce deſſein deteſtable,
Vn infame impoſteur à Muſtapha ſemblable,
Se dit comme ce Prince aiſné de Soliman,
Legitime heritier de l'Empire Ottoman.
Ainſi de tous coſtez la fortune conſpire
A porter Bajaſet au Throſne qu'il deſire;
Alors que Muſtapha ſemble l'en reculer,
C'eſt en ce meſme temps, que l'on l'y voit voler;
Car ce n'eſt que pour luy que le traiſtre trauaille,
Et ſi ce malheureux euſt gaigné la Bataille,
Et qu'il eût pû ſe joindre auecque Bajaſet,
Selin eſtoit perdu, Seigneur s'en eſtoit fait,
Et peut-eſtre qu'aprés ce crime eſpouuantable
Bajaſet d'vn plus noir auroit eſté coupable.
Aprés celà Seigneur, ie ne diré plus rien,
Bajaſet eſt coupable, & tu le cognois bien,
Ainſi tu ne ſçaurois l'exempter du ſupplice,
Si tu n'és reſolu de bleſſer ta Juſtice.

E

SOLIMAN,

Lequel de ces aduis dois-je croire aujourd'huy ?
L'vn deffend Bajaset, & l'autre est contre luy ;
L'vn luy donne la vie, & l'autre veut qu'il meure,
De vos opinions laquelle est la meilleure ?

LE MVFTY.

Pour bien faire Seigneur ne nous crois point tous deux,
Laisse là nos conseils, tu n'as pas besoing d'eux,
L'ame de Soliman n'a que trop de lumiere
Pour se porter sans nous à ce qu'elle doit faire,
C'est de toy seulement que tu dois prendre aduis,
Puisqu'il s'agit de perdre, ou de sauuer ton fils.

SOLIMAN.

Ie croiré ce conseil dans ce desordre extresme,
Ie veux sur ce subjet me consulter moy mesme,
Et mes seuls sentimens sont ceux que ie suiuré.

LE MVFTY.

C'est le meilleur moyen, & le plus asseuré,
Pour finir de ton cœur, le trouble, & la tristesse.

ACHOMAT.

Vouloir t'en rapporter Seigneur, à ta hautesse,

C'eſt te mettre en hazard d'agir injuſtement,
Bajaſet en ton cœur parlera hautement,
Et le ſang....

SOLIMAN.

Quoy qu'il die Achomat, il n'importe
L'Amour d'vn pere eſt fort, la Iuſtice eſt plus forte,
Et n'aprehendés pas qu'il me ſurpreine ainſi,
Gardés bien mon ſecret, & me laiſſés icy.
Hé bien quel ſentiment mon cœur voulés-vous pren-
*   dre?*
On accuſe mon fils, allés-vous le deffendre,
Où ſuiuant contre luy le conſeil d'Achomat,
L'allés-vous immoler au repos de l'Eſtat,
Vous ne reſpondés rien; il faut pourtant reſoudre,
Vous n'oſés condamner, & ne pouuez abſoudre;
Vous deués aprés tout choiſir, & promptement.

SCENE II.

SOLIMAN, BAIASET.

BAIASET.

Seigneur,

SOLIMAN.

Que voulés-vous.

BAIASET.

Te parler vn moment
Et te faire connaiſtre, enfin mon innocence;
Par ces teſmoins.

SOLIMAN.

Demain, ils auront audiance,
I'ay trop pour les ouïr de ſoucis dans l'eſprit;

SCENE III.

SOLIMAN, BAIASET, ASPASIE.

HAZAN.

Voilà cette beauté dont Pertaue t'escrit,
Seigneur; que de sa part j'ameine à ta hautesse;

ASPASIE.

Seigneur tu peux juger en voyant ma tristesse,
L'extréme desplaisir, qui dechire mon cœur,
Mon Destin n'a pour moy que hayne, & que rigueur,
Mais si comme ie crois, ton ame est genereuse,
Montre quelque pitié pour vne malheureuse,
Change de ce Destin l'implacable couroux,
Fais que dans le tombeau ie suiue mon espoux;
Mustapha ne vit plus, ie ne sçaurois plus viure,
Il m'appelle auec luy, Seigneur ie dois le suiure;
Mais si ie n'obtiens pas cette faueur de toy,
Rien ne m'empeschera de l'obtenir de moy.

SOLIMAN.

O ! merueilleux courage, ô femme genereuse,
Digne d'vn autre espoux, & d'estre plus heureuse.

ASPASIE.

Seigneur laiſſe en repos ce Prince infortuné,
Ie rends graces au Ciel de me l'auoir donné,
L'eſtime que j'en ay ne peut eſtre blaſmée :
I'adorois mon eſpoux, & j'en eſtois aymée,
C'eſtoit tout mon bon-heur de viure auecque luy,
Comme ce l'eſt encor de le ſuiure aujourd'huy.

SOLIMAN.

O ! vertu ſans eſgale, allés qu'on la remeine,

ASPASIE.

Ciel par vn prompt treſpas mettés fin à ma peine.

SCENE IV.

BAIASET SEVL.

*Q*V'ay-je veu juſte Ciel ? Aſpaſie en ces lieux ?
Ne me trompay-je point, vous croiré je mes yeux ?
Dequel eſtonnement eſt mon ame ſaiſie
Quoy vous eſtes eſclaue ô charmante Aſpaſie ?

Quoy vous estes esclaue, & vostre espoux est mort?
O reuers de fortune; estrange effet du sort!
Mais qu'est-ce que ie sens, quel desordre en mon ame,
Ie me sens tout esmeü; mon cœur est tout de flame,
Aspasie est-ce vous, qui causés ce transport?
Helas! mon feu renait; quand vostre espoux est mort;
Auant qu'il vous obtint d'Amurath vostre pere,
Ie vous aymois beaucoup, & vous m'estiez bien chere,
Quand vous fustes à luy, ie changé de dessein,
L'estime sans l'Amour resta seule en mon sein,
Maintenant que mon cœur vous peut aymer sans crime,
Il a beaucoup d'Amour, auec beaucoup d'estime;
Mais ie ne songe pas troublé de cét Amour,
Que peut-estre demain sera mon dernier iour,
Et qu'il faut trauailler à me sauuer la vie
Si ie veux de ses fers deliurer Aspasie,
Tâchons donc à sortir du danger où ie suis,
Et ie verré pour elle aprés ce que ie puis.

Fin du second Acte.

ACTE III.
SCENE I.

SOLIMAN SEVL.

Amour cruel tyran, dont l'injuste puissance
S'establit dans mon ame auecque violence,
Pourquoy hors de propos viens-tu troubler mon cœur,
Quand il ne l'est que trop d'vne extresme douleur?
Demain à Bajaset j'oste ou laisse la vie.
Et tu viens me parler des charmes d'Aspasie;
Va, va retire-toy, tu m'en parles en vain,
Je n'ay point pour tes feux de place dans mon sein;
Bajaset à present remplit toute mon ame,
Et tu veux toutefois y loger vne flame,
Qu'vn Prince bien-sensé ne doit pas reçevoir,
La raison malgré toy m'enseigne mon deuoir,
Tu veux me faire aymer la veufue d'vn rebelle,
Moy que j'ayme Aspasie; ah s'en est trop pour elle,
Elle a trop merité mon indignation,
C'est assez qu'elle eschappe à sa punition.

Et que

Et que d'vn reuolté criminelle complice,
Elle ayt part au forfait sans l'auoir au suplice.
Sortez donc de mon cœur desirs qui m'aueuglés,
Indigne affection, mouuemens déreiglés,
Sortez ie vous l'ordonne; & vous feré paraistre,
Que le seul Soliman de son cœur est le maistre,
Qu'il peut estre assailly, mais non pas surmonté,
Et ne reçoit de loix que de sa volonté.
Inutiles projets d'vne chose impoßible,
Bien plus que Soliman l'Amour est inuincible,
En vain ie veux combattre vn si fort ennemy,
Et le chasser d'vn cœur qu'il possede à demy,
Ma force m'abandonne, & mes yeux me trahissent,
A cét vsurpateur les lasches obëyssent,
Et suiuans son party plustost que leur deuoir,
Ils ont par leur reuolte affermy son pouuoir.
Helas ! ces traistres seuls luy pouuoient faire teste,
Et par leur lâcheté mon cœur est sa conqueste,
O perfides subjets, quel crime auez vous fait,
De vostre lâcheté voyez le bel effet !
l'ayme, mais vn objet indigne de ma flame,
Soliman est vaincu, mais vaincu d'vne femme,
Et d'vne femme encor, dont on a veü l'espoux,
Et rebelle à son Prince, & traistre comme vous.
l'ayme vne esclaue enfin, que vous m'auez monstrée,
Par vous seuls de mon cœur elle s'est emparée,

F

Sans vous ie serois libre, où ie suis en prison,
Vous deuiez vous vnir auecque ma raison,
Sa force s'estant iointe à vostre resistance,
Vous verriez vos tyrans sous vostre obeyssance,
Vous auriez mis aux fers Aspasie & l'Amour,
Qui vous ont surmontés en moins d'vn demy iour:
Mais ie me plains en vain d'vn malheur sans remede,
Impuissant contre eux d'eux, il faut que ie leur cede,
Trahy par mes subjets, & d'eux abandonné,
Ie ne me deffends plus, qu'en esclaue enchaifné,
Qui se voyant priué d'armes, & d'assistance,
N'a que ses seuls desirs pour faire resistance;
Enfin, ie suis vaincu pour la premiere fois,
Ie fais ce qu'on m'ordonne, & non ce que ie dois,
Si ie cede à l'Amour, i'ay du moins l'aduantage,
Que souuent on a veü triompher mon courage,
Et qu'encor que mes yeux fussent de son costé,
Ie me suis deffendu jusque à l'extremité:
Voyons donc Aspasie; ah que viens-je de dire,
Mais, quoy ie ne fais plus ce que mon cœur desire,
Ie suy les mouuemens d'vn tyran absolu,
Et dois executer ce qu'il a resolu,
A moy quelqu'vn.

VN CAPIGI.

Seigneur.

SOLIMAN.

Amenés Aspasie,
Ie le confesse Amour, ta force est infinie,
A celuy qui peut tout, ie n'ay pû resister,
Il ne falloit pas moins aussi pour me dompter.
Tu pouuois toutefois content de ta victoire,
Sans en perdre le fruit, me conseruer ma gloire,
Et vaincre Soliman auec d'autres appas,
Mille & mille beautés brillent dans mes Estats,
Et tu pouuois crüel espargner à mon ame,
Le deshonneur d'aymer la veufue d'vn infame;
Elle vient, peut-on voir vne telle beauté,
Et croire que l'aymer soit vne lâcheté.

SCENE II.

SOLIMAN, ASPASIE.

ASPASIE.

Seigneur, ie viens sçauoir ce que veut ta hautesse,

SOLIMAN.

Ie veux de voſtre cœur diſſiper la triſteſſe,
Ie veux vous rendre heureuſe, & vous faire aduoüer
Que de voſtre Deſtin vous deués vous loüer.

ASPASIE.

Cette felicité ne me fait point d'enuie,
Le bon-heur ne l'eſt plus alors qu'on hayt la vie,
Un cœur en cét eſtat ne le ſçauroit gouter,
Et c'eſt peu le ſeruir que de luy preſenter,
Tous les plaiſirs pour moy n'ont plus rien d'agreable,
Reyne de l'Vniuers ie ſerois miſerable,
Mon eſpoux eſtant mort, il n'eſt rien ſous les Cieux,
Que mon affliction ne me rende odieux,
Grandeur, Throſne, pouuoir, la gloire, & le iour meſme,
Tous ces biens ſont des maux, quand on perd ceux qu'on
　　ayme.

SOLIMAN.

Ie pourrois vous offrir vn bien ſi precieux,
Que peut-eſtre il ſeroit agreable à vos yeux.

ASPASIE.

Si ce bien n'eſt la mort, il ne ſçauroit me plaire,
C'eſt le ſeul où ie tens, & qui m'eſt neceſſaire;
Depuis le iour fatal que perit Muſtapha,
Et que de ſon malheur Pertaue triompha,

J'attends ma derniere heure auec impatience,
Ne pouuant pas souffrir vne si dure absence ;

SOLIMAN.

La mort n'est pas vn bien, à qui peut l'éuiter.

ASPASIE.

On doit appeller bien, ce qui peut contenter.

SOLIMAN.

Mais pourtant cette mort de vous si desirée,
Est vn contentement de fort peu de durée,

ASPASIE.

Aussi ie ne la nomme vn souuerain bon-heur,
Qu'entant qu'elle a pouuoir de finir ma douleur.

SOLIMAN.

Le temps pour l'appaiser a la mesme puissance,

ASPASIE.

Le temps prolongera seulement ma souffrance,
Appaiser ma douleur, ce n'est pas la guerir
Et le meilleur remede enfin c'est de mourir.

SOLIMAN.

Ie ferois trop crüel de fuiure voftre enuie.

ASPASIE.

Vous perdés mon espoux, & respectés ma vie,
Par quelle difference agiffés-vous ainfi ?
S'il eftoit criminel, ie fuis coupable aufsi,
Il n'a iamais failly, qu'il ne m'euft pour complice,
S'il eft mort pour vn crime, il faut que ie periffe.

SOLIMAN.

Ie vous veux prononcer vn iugement plus doux,
Et ie ne vous dois pas efcouter contre vous,
Ie més entre vous deux bien plus de difference,
Ses crimes ont parü, ie fçais voftre innocence,
Et que tout ce qu'on peut enfin vous reprocher,
C'eft que ce criminel vous eft vn peu trop cher.

ASPASIE.

Ie n'entreprendray point de iuger de fes crimes,
C'eft à moy d'eftimer fes deffeins legitimes,
Mais qu'il foit innocent ou qu'il ne le foit pas,
I'ay trop pour mon bon-heur furuecu fon trefpas.

SOLIMAN.

Vous ne quittés donc point le deffein de le fuiure ?

ASPASIE.

Il faut bien le vouloir, si ie ne puis plus viure;

SOLIMAN.

Chassés de voftre efprit ce funefte penfer.

ASPASIE.

Je veux qu'il y demeure, & non pas l'en chaffer.

SOLIMAN.

Mais il eft deffendu d'attenter fur fa vie ;

ASPASIE.

Ma gloire & mon deuoir me donnent cette enuie.

SOLIMAN.

Ie crois bien que la gloire a pour vous des appas ;
Mais dans le defefpoir on ne la treuue pas.

ASPASIE.

Nommez-vous defefpoir l'effet d'vn grand courage?

SOLIMAN.

Qui fouffre, & qui craignant de fouffrir d'aduantage,
Preuient par le trefpas des maux qui luy font peur,
Fait voir grande foibleffe, & non pas vn grand cœur,
Pour vous qui deformais exempte d'infortunes,

Pouués brauer du sort les rigueurs importunes,
Vous n'aués pas besoing de courir au trespas.

ASPASIE.

Ce discours est obscur, ie ne le comprens pas,
Et ne vois pas quels biens le Destin me prepare,
Lors que de mon espoux sa rigueur me separe.

SOLIMAN.

Le tort qu'il vous a fait, il va le reparer.

ASPASIE.

Qu'est-ce de ses faueurs que ie puis esperer?
Il ne me rendra pas cét espoux que ie pleure,
Ah qu'il reprenne donc ses biens, & que ie meure.

SOLIMAN.

Il ne peut pas tirer vostre espoux du tombeau,
Mais il vous fait encor vn present bien plus beau,
C'est mon affection, c'est mon cœur, c'est moy mesme,
C'est pour tout dire enfin, Soliman qui vous ayme.

ASPASIE.

J'ay subjet de douter de cette affection,
Elle n'a point paru dedans l'occasion,
Qui m'enleue mon bien, comme tu viens de faire,

Du

Du discours que j'entends, montre vn effet contraire.

SOLIMAN.

Mais me donner moy-mesme au lieu de vostre espoux,
C'est vous montrer assés l'Amour que i'ay pour vous,
Et vous donner assés des preuues de la flame,
Que vos charmans appas allument dans mon ame.

ASPASIE.

Songe tu bien Seigneur à ce que tu me dis?
A moy parler d'Amour, moy veufue de ton fils,
Sans doute ta hautesse a perdu la memoire,
Ou bien elle n'a plus aucun soin de sa gloire,
Le vice dans ton cœur succede à la vertu,
Et nous voyons sous luy Soliman abatu :
Esteins grand Empereur cette honteuse flame,
Dont auecque raison la nature te blasme,
Change, change pour moy ton Amour en horreur,
Voy ce que ie te suis, & qu'elle est ton erreur,
Reprime tes desirs Seigneur, & considere,
Que tu ne peux m'aymer, si ce n'est comme pere,
Puisque ayant eu ton fils pour legitime espoux,
Ie passe pour ta fille au jugement de tous.

SOLIMAN.

Donc à ce que ie vois, vous estes si credule,

Qu'vn menſonge groſſier, vn conte ridicule,
Qui n'a que ſur le peuple acquis authorité,
Paſſe dans voſtre eſprit pour vne verité?
Voſtre eſpoux fut mon fils? ô la vaine chimere,
Il ne le fut iamais non plus que moy ſon pere,
Il n'euſt rien de mon fils que le nom ſeulement,
Et luy meſme à ſa mort l'aduoüa franchement.
Ainſi ne dites pas qu'alors que ie vous ayme,
Ie fais tort à ma gloire, à la nature meſme,
Si voſtre eſpoux n'euſt pas l'honneur d'eſtre mon fils,
Si vous ne m'eſtes rien, cét Amour m'eſt permis,
Et ſi par ces raiſons ma flame eſt toute pure,
Elle n'offence point ma gloire, & la nature.

ASPASIE.

Ce diſcours me ſurprend, & tu me fais douter,
Que ce ſoit Soliman, que ie viens d'eſcouter,
Non, non ce n'eſt point luy, ce Prince incomparable
Ne fait point de diſcours qui ne ſoit veritable,
Et quoy, que de mes maux il ſoit l'vnique autheur,
Ie ne croiré iamais qu'il ſoit vn impoſteur.

SOLIMAN.

Vous ne croyés donc pas ce que ie viens de dire?

ASPASIE.

Seigneur n'insulte point à ce cœur qui souspire,
Le mal est assés grand que tu me fais souffrir,
Sans que ta raillerie encor le vienne aigrir.

SOLIMAN.

Quoy toûjours dans l'erreur ?

ASPASIE.

Quoy toûjours mecognaistre

Vn fils.....

SOLIMAN.

Vn imposteur, vn criminel, vn traistre,
Dont la rebellion a causé le trespas,

ASPASIE.

Seigneur ces qualités ne luy conuiennent pas.

SOLIMAN.

Ne le deffendés point, & songés à me plaire.

ASPASIE.

Quoy ie consentirois à l'Amour de son pere,
En sortant de son lict j'entrerois dans le tien?
Je ne le dois pas faire, & m'en garderé bien.

SOLIMAN.

C'est parler vn peu haut pour vne prisonniere,

ASPASIE.

Aussi c'est te montrer mon ame toute entiere,
Et que si l'on retient Aspasie en prison,
On n'a pas mis aux fers son cœur, & sa raison.

SOLIMAN.

Quoy me desobeïr ?

ASPASIE.

    Quoy me presser encore
D'apreuuer vn Amour, que la nature abhore ?

SOLIMAN.

Ah c'est trop persister dans vostre aueuglement,

ASPASIE.

Enfin ie ne dois pas te parler autrement.

SOLIMAN.

Quelle obstination ?

ASPASIE.

TRAGEDIE.

O Ciel quelle injustice !

SOLIMAN.

Superbe, c'en est trop, ie veux qu'on m'obëisse,
Et qu'vne esclaue enfin aprenant mon pouuoir ,
Ne le mesprise plus. & fasse son deuoir.

SCENE III.

ASPASIE SEVLE.

IE n'y mancqueré point ; Tyran, ie veux le faire,
Mais ce ne sera pas comme ta flame espere,
Tu crois que mon deuoir soit de te contenter,
Au contraire ie crois , qu'il te faut resister,
Et qu'il faut ; mais comment te faire resistance ?
Pourray-je m'oposer moy seule à ta puissance ?
O Ciel assiste moy dans ce danger pressant,
Et deliure mon cœur des douleurs qu'il ressent.

CENE IV.

BAIASET, ASPASIE.

ASPASIE.

AH Seigneur, qu'aujourd'huy le ſort me perſecute,
A toute ſa rigueur Aſpaſie eſt en bute,
Et depuis vn moment, que d'eſtranges malheurs,
Que de peines d'eſprit, & de ſubjets de pleurs.

BAIASET.

Et quel tourment noúueau ſouffrés vous donc Madame?

ASPASIE.

Helas ! c'eſt le plus grand, que peut ſouffrir mon ame
Ie n'en excepte aucun, la mort de mon eſpoux,
M'eſt en comparaiſon vn ſuplice bien doux ;
Jugés, ſi ce malheur ne doit pas eſtre extreſme,
Eſtant plus grand encor, que mon veuſuage meſme.

BAIASET.

Ah ie n'en doute point, il doit estre infiny,
Mais l'autheur n'en doit pas demeurer impuny,
Nommés le moy Madame, & sa mort est certaine.

ASPASIE.

Vous me faites Seigneur vne promesse vaine,
Quand vous sçaurés son nom, ie vous verré soudain,
Et changer de langage, & changer de dessein.

BAIASET.

Ah si vous me voyés manquer à ma parolle.

ASPASIE.

Ie vous le dis encor, ce discours est friuolle,
Ce que vous promettés passe vostre pouuoir,
Et ne s'accorde pas auec vostre deuoir.
Et pour moy quelque mal, que mon Destin m'enuoye,
Si ie veux en sortir, c'est par vne autre voye.

BAIASET.

Ie desire vous rendre vn seruice important,
Et vous ne croyés pas. . . .

ASPASIE.

Ne vous hastés pas tant,
Ce seruice Seigneur, que vous m'osés promettre.

C'est vn crime bien grand, que vous voulés comettre.

BAIASET.

Vn crime dites vous, & comment ?

ASPASIE.

Escoutés,
Et ie vous aprendré d'estranges verités.
Aprés que mon espoux eust perdu la lumiere,
Pertaue son vainqueur me fit sa prisonniere,
Et m'enuoya soudain en ces funestes lieux,
Où tout m'est desplaisant, & le iour ennuyeux,
Vostre pere me void, d'abord malgré mes larmes,
Mes yeux qui m'ont perdüe, ont pour luy quelques
    charmes,
Il se laisse piquer de leurs mourans apas,
La nature s'opose, il ne l'escoute pas,
Et le grand Soliman que partout on estime,
Pour mon dernier malheur veut que ie fasse vn crime,
Et que l'indigne feu, qui brusle dans son cœur,
De toute ma vertu demeure le vainqueur.
Mais plustost dans les Cieux s'esleuera la serre,
Et la mer remplira la place du tonnere,
Que ie prenne iamais la resolution,
De faire pour luy plaire vne infame action.
Voyés, Seigneur voyés, si i'ay raison de dire,

Que

Que voicy de mes maux le dernier & le pire,
Puisque de mes refus Soliman irrité
Veut se seruir enfin de son authorité;
Ayant perdu son fils en posseder la veufue,
Et mettre ma constance à sa derniere espreuue.
Mais qu'il ne pense pas quelque pouuoir qu'il ayt,
Que ses honteux desirs obtiennent leur effet,
Il peut mettre s'il veut mon corps à la torture,
Mais ie dois obeyr aux loix de la nature,
La veufue de son fils deteste son Amour;
Plustost qu'y consentir elle perdra le iour.

BAIASET.

Helas ie le vois bien que ma promesse est vaine,
Je ne sçaurois punir l'autheur de vostre peine,
Le sang & la raison me retiennent la main,
Et ie dois espargner vn pere, vn Souuerain.
Mais que dis-je espargner? vn homme est-il coupable,
Quand il ose adorer vn objet adorable?
Helas! s'il est ainsi, cachez-vous à nos yeux,
Ou l'on ne verra plus d'innocent en ces lieux,
Moy mesme franchement ie confesse Madame,
Que ie me sens brusler de ma premiere flame,
Et que ie ne puis voir ce que i'ay tant aymé,
Sans qu'au mesme moment j'en sois encor charmé.

ASPASIE.

H

O Ciel qu'ay-je entendu? quoy Bajaset luy mesme
Veut encor m'affliger dans mon malheur extresme,
Sa flame ose renaistre, il l'ose découurir,
Et trauaille luy mesme à me faire mourir?
Mais attendés vn peu, rien encor ne vous presse;
Remettés de ma mort la charge à ma tristesse,
Auant que quelques iours Seigneur soient escoulés,
Vous aurez obtenu l'effet que vous voulés,
Espargnés vous vn crime, & souffrés qu'elle agisse;
Vous y gaignés encor la longueur du suplice.

BAIASET.

Dequoy m'accusés vous?

ASPASIE.

Du crime le plus grand,
Qu'on puisse imaginer.

BAIASET.

Ce discours me surprend,

ASPASIE.

L'incestueux Amour ou vostre cœur s'engage,
Auec juste raison me surprend d'aduantage.

BAIASET.

Vous augmentés mon trouble, & ma confusion.

ASPASIE.

Comme vous ma douleur par vostre passion.

BAIASET.

Nommer incestueux vn Amour legitime ?

ASPASIE.

C'est le nom que l'on doit donner à vostre crime :

BAIASET.

Ah tirés moy de peine, & vous expliqués mieux,

ASPASIE.

Mais vous mesme plustost ouurés, ouurés les yeux,
Vous cognoistrés bien-tost le crime que vous faites,
Si vous considerés vn peu ce que vous m'estes.

BAIASET.

Ah ie suis vostre Amant Madame, en doutés-vous ?

ASPASIE.

Vous qui fustes Seigneur frere de mon espoux,
Vous estes mon Amant? il est donc veritable,
Que pour moy vostre Amour est vn feu detestable,

H ij

Car comment nommés-vous l'Amour pour vne sœur,
Si ce n'est pas inceste au moins dedans le cœur?

BAIASET.

Quoy vous estes ma sœur, comment se peut-il faire?

ASPASIE.

Seigneur ayant esté femme de vostre frere,
Ie crois que ie la suis en cette qualité.

BAIASET.

Vostre espoux fut mon frere?

ASPASIE.

Oüy c'est la verité.

BAIASET.

Ah Madame quittés cette fausse croyance.

ASPASIE.

Mais vous mesme perdés vne vaine esperance,
L'artifice est grossier, dont se seruent vos feux,
N'en vsez plus Seigneur, il ne peut rien pour eux.
Malgré les desplaisirs, dont mon ame est atteinte,
Elle peut bien encor discerner vne feinte,
Et ne se laisse pas esbloüir à ce point,

Qu'on luy faſſe aiſement croire ce qui n'eſt point.
Vous penſez que vos feux ſeparés de leur crime
Sont vn digne ſubjet de toute mon eſtime,
Et que ſi vous m'oſtez le nom de voſtre ſœur,
Ils ſeront à l'inſtant bien reçeus dans mon cœur ;
Mais inutilement vous pretendés le faire,
Muſtapha mon eſpoux, Seigneur, fut voſtre frere,
En vain vous me parlés de vos coupables feux,
Vous ne m'oſterez pas l'horreur que i'ay pour eux.

BAIASET.

Ie m'en vay vous laiſſer de peur de vous plaire ;
Peut-eſtre auec le temps ſerés vous moins ſeuere.

ASPASIE.

S'il vſe ſur les cœurs d'vn pouuoir abſolu ;
Sçachez que ce n'eſt pas ſur vn cœur reſolu.

Fin du troiſieſme Acte.

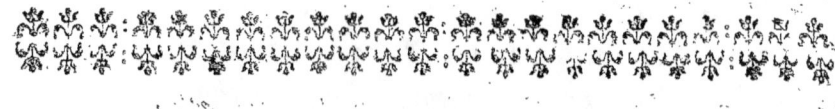

ACTE IV.
SCENE I.

BAIASET, ASPASIE.

ASPASIE.

Qvoy vous voulés encor me parler de vos feux ?
O discours inutile autant qu'il est facheux !

BAIASET.

Si j'en crois mon respect, ie ne dois pas le faire,
Ce violent Amour ne fait que vous desplaire,
Si j'en crois mes desirs, ie ne le puis cacher,
Pour le mettre en prison Madame, il m'est trop cher,
Mais pourquoy voulés vous, qu'il se taise & se cache.

ASPASIE.

Pour garder vostre nom d'vne eternelle tache,
Pour ne vous perdre pas de reputation,

Effet trifte, & honteux de voftre paffion.
Oüy malgré la douleur, que vous m'auez caufée,
Par les feux infenfez de voftre ame abufée,
Seigneur ie vous eftime, & vous honore affez,
Pour fauuer voftre honneur, lors que vous m'offenfez,
Auffi contentés vous de cette feule eftime,
C'eft tout ce que ie puis pour vous fans faire vn crime,
Et ne demandés pas que j'efcoute vos feux,
Vous auez mon eftime, & ma hayne eft pour eux.

BAIASET.

Ciel que me dites vous ? ah faites mieux Madame,
Traités efgalement Bajafet, & fa flame,
Et s'il a merité voftre eftime en ce iour,
Accordés là de grace encor à fon Amour.

ASPASIE.

Ah pour agir ainfi, ie fuis trop equitable,
Vous eftes innocent, voftre flame eft coupable,
Sans elle ie vous vois digne de tout l'honneur,
Qu'on rend auec Juftice à tous les gens de cœur,
Les belles qualitez dont voftre ame eft parée,
Cette vertu fi grande, & fi confiderée,
Ce courage inuincible, & qui braue le fort,
Dans le plus grand peril d'vne prochaine mort,
Cet efprit admirable, & fi plein de lumiere,

Ont gaigné de mon cœur l'estime toute entiere,
Mais comme il ne sçait pas le mestier de flatteur,
Ne vous estonnez point, s'il blasme vostre ardeur,
Il est trop genereux, il hayt trop l'injustice,
Pour mettre en rang esgal les vertus, & le vice.

BAIASET.

Pouuez vous m'estimer, & häyr à la fois?

ASPASIE.

L'vn & l'autre se peut Seigneur, & ie le dois,
Vous sçauez la raison & de l'vn & de l'autre,
C'est la vertu Seigneur, & la mienne, & la vostre,
La mienne justement me fait häyr vos feux,
Et la vostre estimer un Prince vertueux.

BAIASET.

L'infructueuse estime, & la crüelle hayne,
L'vne ne me sert pas, l'autre augmente ma peine,
L'vne jette en mon cœur quelque rayon d'espoir,
Et l'autre me deffend d'en oser conceuoir,
Esprouués vous par là, si mon ardeur est feinte?
Ah vous n'en deuez pas auoir aucune crainte,
Mon Amour est si fort & si ferme.....

ASPASIE.

Seigneur,

Seigneur,

Ie ne puis plus oüir ce discours suborneur,
Ma vertu dés long-temps vous düst estre cognüe,
Mais puisque vostre erreur s'augmente par ma veüe,
Ie vous la veux oster pour vous guerir d'vn mal,
Qui nuit à vostre gloire, autant qu'il m'est fatal,
Adieu.

BAIASET.

Ne m'ostez pas ainsi toute ma joye,
Demeurez en ce lieu, souffrez que ie vous voye,
Et que mes yeux au moins vous puissent adorer,
Si vostre vaine erreur me deffend d'esperer.
I'appelle ainsi Madame vne fausse croyance,
Qui se veut apuyer sur quelque ressemblance,
Et prenant de mon frere, & le nom & le port,
Luy redonne le iour vn an aprés sa mort.
Desabusez vous donc, & permettez de grace
Que dedans vostre cœur ie reprenne ma place,
Si deuant que d'auoir Mustapha pour espoux,
Comme vous m'asseuriez, i'estois aymé de vous.
Ie n'en ay point douté, mais que ne peut l'absence,
Elle esbranle souuent la plus forte constance,
Et l'Amour le plus ferme, & le mieux establiy,
Par elle en vostre sexe est bien-tost affoibliy.
On m'ayme en me voyant; ie change de demeure,

I.

On m'oublie, on me quitte, on change à la mesme heure,
Mustapha prend soudain ma place auprés de vous,
Vous l'aymez, il vous ayme, il deuient vostre espoux;
Moy sans faire paraistre aucune impatience,
Ie souffre cet affront, qu'il fait à ma naissance,
Ie souffre ce larcin, qui le rend bien-heureux,
Et souffre aussi de vous ce mespris de mes feux.
Peut-estre, que quelqu'autre ayant eu ma puissance,
Eût puny Mustapha d'une telle insolence,
Mais ie n'escouté point contre luy mon courroux,
Par la seule raison, qu'il estoit vostre espoux,
Et pour n'affliger pas l'infidelle Aspasie,
Mon respect m'obligea de le laisser en vie,
Mais que vous payez mal le bien que ie luy fis,
Pour vn si grand respect ie reçois des mespris,
Ah recognoissez mieux vn si rare seruice,
Receuez mon Amour, c'est me rendre Iustice,
Ce que i'ay fait pour vous merite asseurement,
Qu'enfin vous traitiés mieux vostre premier Amant.
I'ose vous en prier par cette belle flame,
Qu'vn genereux deuoir estouffa dans mon ame,
Par ces rudes combats, que livroient à mon cœur,
L'Amour, & le respect, la hayne, & la douleur,
Par ces desirs vaincus d'vne juste vengeance,
Lors que par vostre hymen ie perdis l'esperance,
Et que sans esclatter contre ce changement,

Je le souffris sans plainte, & sans emportement,
Enfin par mon Amour, & par sa violence,

SCENE II.

SOLIMAN, ASPASIE, BAIASET.

SOLIMAN.

PRince que faites-vous, quelle est vostre insolence,
Vous portez vos desirs, où se porte le mien,
Vous offrez vostre Amour, & demandez le sien,
Depuis quand auez vous cette grande puissance,
Qu'au milieu du Serail vos feux prennent naissance?
C'est porter assez haut vostre temerité,
Et faire peu de cas de mon authorité.
Mais ie m'estonne fort, qu'en l'eslat où vous estes,
Vous pretendiez encor de faire des conquestes,
Vous estes accusé, pouuez vous l'oublier,
Est-ce la le moyen de vous justifier?
Ah ie puis en voyant vne telle insolence,
Croire ce qu'on m'a dit de vostre violence,
Que vous auez traitté Selin indignement,

I ij

Et que vous meritez un ample chastiment:
Demain nous le verrons, mais ie vous veux aprendre,
L'honneur, & le respect, que vous me deuez rendre,
Qu'on luy fasse donner des gardes asseurez,
Haly prenés en soin, car vous m'en respondrez;

BAIASET.

Seigneur puis-je parler?

SOLIMAN.

Il n'est pas necessaire,
Allez, vostre discours aigriroit ma colere.

SCENE III.

SOLIMAN, ASPASIE.

SOLIMAN.

HE' bien, vous l'escoutiez ce temeraire Amant?
Certes c'est assez tost changer de sentiment,
C'est en fort peu de temps vous estre detrompée,
Ou bien vostre vertu s'est bien-tost dissipée;
Si mon Amour pour vous est un feu criminel,
Celuy de Bajaset ne peut estre que tel,

Vous manquez aujourd'huy d'adreſſe & de prudence,
Mon Amour, & le ſien n'ont point de difference,
Si i'ayme en vous ma fille, il ayme en vous ſa ſœur,
Et vous ne luy pouuez accorder voſtre cœur.
Mais ſi vous n'eſtes point entrée en ma famille,
Si comme il eſt certain, vous n'eſtes point ma fille,
Pourquoy donc vous montrer ſi contraire à mes feux,
Alors que vous ſouffrez, qu'il vous offre ſes veux ?

ASPASIE.

Tu ne dois pas Seigneur, entrer en jalouſie,
Si tu vois que ton fils oſe aymer Aſpaſie,
Et moins encor penſer, que dans cet entretien,
Ses feux ſoient eſcoutez, & puiſſent nuire au tien.
Et ta flame & la ſienne eſgalement traitées,
D'vn cœur comme le mien ne ſont point reſpectées,
Ie l'entendois parler, mais ſans attention,
Et ne ſongeois alors qu'à mon affliction.

SOLIMAN.

Ah refuer ſi long-temps, c'eſt luy preſter ſilence.

ASPASIE.

Ie ne me croyois pas Seigneur, en ſa preſence,
La mort de mon eſpoux occupoit mon eſprit,
Et ne ſçay pas vn mot de tout ce qu'il a dit.

SOLIMAN.

Vous voulez vous parer d'une mauvaise excuse,
Mais ce n'est pas ainsi pourtant, que l'on m'abuse,
Quand vn homme nous parle, on entend bien sa voix,
Vous manquez de prudence vne seconde fois.

ASPASIE.

Quoy que sa voix Seigneur ait frapé mon oreille,
Ne l'auoir point oüy, n'est pas vne merueille,
Car enfin quelquesfois l'imagination
De l'objet qui l'occupe, a telle impression,
Que l'on void sans rien voir, qu'on entend sans entendre,
Ou bien si l'on entend, l'on ne peut rien comprendre.

SOLIMAN.

Vous l'entendiez assez, j'en puis juger ainsi.
Et j'ay bien entendu ce qu'il disoit aussi.

ASPASIE.

Doncques de ce discours tu tires aduantage,
Et te veux preualoir pour me faire vn outrage,
Et tu pretends enfin contre la verité,
Parce qu'il me parloit, que ie l'aye escouté?
Tu veux qu'en vn moment ma vertu se relasche,
Que ie perde l'esprit, que ie deuienne lasche,

Que l'espoir d'vn estat plus heureux, & plus doux,
Me fasse pour son frere oublier mon espoux,
Et qu'afin de sortir d'vn funeste esclauage,
Ie me perde d'honneur, & manque de courage;
Lors que ie formeré ce genereux dessein,
Pour en venir a bout ie ne veux que ma main.

SOLIMAN.

Et moy, qui suis lassé de vostre resistance,
Ie veux plus de respect, & plus d'obeissance,
Ie veux qu'on me prefere au Prince Bajaset,
Et de force, ou de gré veux estre satisfait.
Il faut bien vous resoudre à mieux traiter ma flame.

ASPASIE.

A la fin mon esprit penetre dans ton ame,
Ton dessein jusqu'icy ne m'estoit pas cognu,
Mais il se fait paroistre, & ie le vois a nu.
Ce feu dont ma vertu craignoit la violence,
N'est qu'vn feu seulement, qui brusle en apparence,
Ie cognois que l'Amour ne l'a iamais produit,
La hayne en est la cause, & la fureur le suit.
Oüy de ton feint Amour ta hayne seule est cause,
Elle voudroit par luy faire ce qu'elle n'ose,
Elle voudroit ma perte, elle en fait le dessein,
Mais elle ne veut pas s'y seruir de ta main,

SOLIMAN.

Craignant que l'on appelle vne action infame,
Le meurtre de ta fille, & celuy d'vne femme,
Elle ne montre point ce criminel deſſein,
Elle feint que l'Amour eſt entré dans ton ſein,
Qu'il s'en eſt rendu maiſtre & veut que j'obeïſſe,
Aux ordres qu'on m'impoſe auec tant d'injuſtice,
Afin que ma main propre aduance mon treſpas,
Sçachant que ma vertu n'y conſentira pas.
Elle pouſſe plus loing cette funeſte adreſſe,
Plus elle veut ma mort, plus Soliman me preſſe,
La jalouſie enſuite agiſſant à ſon tour,
Elle eſtale à mes yeux l'excez d'vn faux Amour.
Enfin pour aduancer ma mort qu'elle deſire,
Elle me montre encor le Souuerain Empire,
D'vn Monarque abſolu, que l'on doit reſpecter,
Et qui veut tout-puiſſant auſſi ſe contenter.
Il le ſera bien-toſt, ie veux le ſatisfaire,
Mais puiſqu'à cet effet ma mort eſt neceſſaire,
Et qu'il taſche à me perdre ainſi que mon eſpoux,
Je veux partout mon ſang eſteindre ſon courroux.

SOLIMAN.

D'vn ſi cruel deſſein ie ne ſuis point capable,
Et vous expliqués mal vn Amour veritable,
Soliman n'a jamais conſpiré voſtre mort,
Ie vous ayme, & iamais Amour ne fut plus fort.

Mais

Mais aussi ie pretends auant que le iour passe
Asseurant de mes feux que l'on me satisfasse.

ASPASIE.

Ie me suis donc trompée en disant que ton cœur
Vouloit m'oster le iour par vne feinte ardeur,
Estant bien asseuré que ie suis incapable,
De faire vne action, qui me rendroit coupable,
Et qu'Aspasie enfin sans se faire d'effort,
Consentiroit plustost à se donner la mort.
Je croyois que ta hayne en vouloit à ma vie,
Et vouloit se deffaire en moy d'vne ennemie,
Mais, si ie t'en dois croire, il n'est que trop certain,
Que l'Amour en ton cœur est maistre souuerain,
Et que pour satisfaire à ton iniuste enuie,
Tu desires pour toy de conseruer ma vie.
Mais ie me trompe encor dans ce raisonnement,
Tu ne fais qu'aduancer mon trespas en m'aymant,
M'asseurer ton Amour, c'est contraindre mon ame
De noyer dans mon sang ton illicite flame,
C'est toy mesme porter ma main contre mon cœur,
Fraper le premier coup, & monstrer ta rigueur,
Contraindre ma vertu, qui craint d'estre forcée
Par vn Prince puissant en estant menacée,
De s'ouurir le cercueil en cette extremité,
Ne treuuant point ailleurs vn lieu de seureté;

K.

Mais ie m'emporterois contre ta violence,
Ma gloire le deffend, & m'impose silence,
Il semble que ie veuïlle icy te quereller,
Il faut, il faut agir, & ne point tant parler.
Montre toy mon courage, il est temps de paraistre,
Voicy l'occasion de te faire cognaistre,
Fais voir à Soliman, qui te veut surmonter,
Que la mort à la main tu luy peux resister,
Et que ta fermeté qui te rend inuincible,
Rend aussi contre toy sa victoire impossible.
Admire Soliman, admire ma vertu,
Mon cœur sous ces malheurs se void il abbatu,
Le void on lâchement ployer sous ta puissance,
Et me deshonnorer par son obeïssance ?
Mais vois lé tout entier, & cognois sa grandeur,
Ce vainqueur malheureux deteste ton ardeur,
Et se resoud enfin de perdre la lumiere,
Plustost que renoncer à sa vertu premiere,
Pour le Prince ton fils, dont tu crois que le feu
De mon ame aueuglée ayt obtenu l'adueu,
Sçaches que son Amour est payé de mahaine,
Et s'il t'en faut donner vne preuue certaine,
Regarde dans mon cœur percé de mille coups,

Elle tire un poignard. *S'il appreuua iamais . . . . . .*

SOLIMAN.

O Ciel, que faites vous ?
Vous estre de la sorte à vous mesme cruelle !

ASPASIE.

Ah souffres que j'acheue vne action si belle,
Et que par mon trespas ie laisse à nos neueux,
D'vne vertu parfaite vn exemple fameux,
Et que d'vn si beau coup le merite, & la gloire
De l'oubly pour iamais preserue ma memoire.

SOLIMAN.

Non, non j'empescheré ce dessein furieux.

Luy oste
le poi-
guard.

ASPASIE.

Tu penses donc toûjours estre deuant mes yeux,
Et que ie ne pourré tromper ta preuoyance,
Peut-estre vn peu de temps auecque ta puissance
Tu pourras retarder le dessein de ma mort,
Mais pour le rendre vain tu n'és pas assez fort ;
Si tu m'ostes le fer dont ie suis mal seruie,
Le poison malgré toy remplira mon enuie,
S'il m'est encor osté, j'auray recours aux feux,
Et si l'on m'en empesche, à mes propres cheueux.
Pour sortir de la vie il est plus d'vne voye,
I'en sçauray choisir vne, & sans que l'on le voye,
Sans feux, & sans poison, sans cheueux, & sans fer

K ij

De tes precautions ie ſçauray triompher;
Celuy qui veut mourir peut mourir à toute heure,
Il ne m'importe pas, pourueu qu'enfin ie meure,
Si l'vne de ces morts met fin à mon malheur,
Peut-eſtre ie n'auray recours qu'à ma douleur.
Mais ne preſumes pas par ma mort reculée,
Auoir au meſme temps ma conſtance eſbranlée;
Pour ſortir de tes mains, & courir au treſpas,
I'ay des moyens ſi ſeurs qu'ils me manqueront pas.

SCENE III.

SOLIMAN SEVL.

Qve dis-tu Soliman d'vne telle conſtance,
Qui meſpriſe la mort, & braue ta puiſſance?
Ah recognois ta faute, & ſçache qu'vn grand cœur
Se laiſſe ſeulement gaigner à la douceur.
Le ſien qui s'eſt fait voir incapable de crainte,
Ne t'accordera rien par force & par contrainte,
Change de procedé, ſi tu veux aujourd'huy
Obtenir pour tes feux quelque choſe de luy.
Traite là doucement cette beauté ſi fiere,
Deſcends pour la fléchir juſques à la priere,

Flatte, flatte ce cœur si superbe, & si vain,
Parle, parle en Amant, & non en souuerain.
Quoy m'exposer encor aux desdains d'vne femme ?
Ah c'est trop cherement satisfaire ma flame,
Son cœur où ie pretends, seroit à trop grand prix,
S'il falloit l'achepter par vn nouueau mespris.
Non, non, ie dois plustost oublier la cruelle,
Elle ose m'offenser, ie veux me vanger d'elle,
C'est en ne l'aymant plus, en esteignant mes feux,
Que . . . . foible Soliman peux tu ce que tu veux,
Et presque souuerain d'Europe, Affrique, Asie,
Es-tu maistre de toy pour quitter Aspasie,
Et peux tu de ton cœur où reignent ses appas,
La chasser de la sorte ? ah tu ne le peux pas,
Tu chasses de ton corps ton ame à la mesme heure,
Que tu veux l'obliger de quitter sa demeure,
Il faut ouurir ton cœur, pour l'en faire sortir,
C'est la le seul moyen, y veux tu consentir ?
Ridicule moyen, que l'Amour me presente,
Pour estre si superbe, est-elle si puissante ?
Non, non, cela n'est pas ; tu me veux deceuoir
Amour, mais ie cognois ma force, & son pouuoir,
Si ma vertu s'en mesle, il est assez facile,
Que tout ce grand pouuoir luy deuienne inutile ;
C'en est fait, la victoire a changé de party,
Aspasie, & l'Amour en ont le dementy ;

Laissons, laissons aux fers cette superbe esclaue,
Abbatons son orgueil, alors qu'elle nous braue,
Et sans plus regarder l'esclat de ses appas,
Que sa presomption tombe de haut en bas.
Mais peut-estre mon cœur tu luy fais vn outrage,
Peut-estre ses desdains nous montrent son courage,
Peut-estre elle se croit la veufue de mon fils,
Et iustifie ainsi sa haine & ses mespris.
Quoy, si c'est par vertu qu'elle agit de la sorte,
Et que cette vertu iusque a mourir la porte,
Ayant de ton Amour vne inuincible horreur,
Oserois-tu punir cette loüable erreur ?
Non, si c'est la vertu qui triomphe en son ame,
Ie veux, ie veux aussi triompher de ma flame;
Ou si c'est que la haine occupe tout son cœur,
Ayant veu Soliman de son espoux vainqueur,
Et cause de la mort de cet espoux rebelle,
Garde toy bien d'auoir mesme haine pour elle,
Tâche par tes bien-fais de la faire finir;
Et console Aspasie aulieu de la punir.
Enfin ie suis vainqueur, i'ay ce que ie souhaite;
Ie n'en sens toutes-fois qu'vne ioye imparfaite;
Ah c'est bien sans raison que ie m'en réjoüis,
Si peut-estre demain m'oste l'vn de mes fils.
Mais pourquoy m'affliger de rendre la Iustice,
Si mon fils est coupable, il merite vn suplice,

Estouffe ma vertu ces regrets superflus,
Si Bajaset est tel, ie ne le cognois plus.

SCENE IV.

SOLIMAN, ROXELANE.

ROXELANE.

AH *Seigneur, ah Seigneur, souffre que ie t'arreste,*
Et que ie puisse icy te faire vne requeste,
On a mis par ton ordre en prison Bajaset,
Hé depuis ce matin que peut-il auoir fait?
Ah Seigneur, contre luy que ta-on fait entendre?
Helas! ses ennemis taschent à te surprendre,
Ils taschent de le perdre, & tu prestes les mains,
A l'execution de leurs mauuais desseins.
Ne precipite rien, & suspends ta croyance,
Mais quoy tu ne veux pas me donner audience,
Mon discours te desplaist, & pour perdre ton fils,
Ta hautesse est d'accord auec ses ennemis.

SOLIMAN.

Quoy vous me soupçonnez d'estre si mauuais pere?

ROXELANE.

Seigneur ne blasme point les craintes d'vne mere,
Tu sçais bien que l'Amour enfante le soucy,
Comme j'ayme beaucoup, ie crains beaucoup aussi :
Ne craignez rien pour luy si son Juge est son pere,
M'as-tu dit ce matin ; sur ce discours, j'espere,
Mon esprit consolé cesse de s'affliger,
Et ie crois Bajaset ainsi hors de danger ;
Mais soudain sa prison fait renaistre mon trouble,
Ma crainte me reuient, que ta froideur redouble,
Et me montre mon fils par la main d'vn Bourreau,
Sortant de sa prison pour entrer au tombeau,
Ah dissipe Seigneur vne si juste crainte.

SOLIMAN.

Ie suis las d'escouter cette inutile plainte,
C'est en vain que vos pleurs taschent de m'emouuoir,
J'ay la Justice en main, & feré mon deuoir.

SCENE V.

SCENE V.

ROXELANE, LE MVFTY.

ROXELANE.

IE n'obtiendré donc rien auecque la priere ?
Sçaches, sçachrs crüel que voicy la derniere,
Et que ne voulant pas en demeurer aux pleurs,
Ie dissiperé bien ma crainte, & mes douleurs ;
Mon fils est en prison, il est en ta puissance,
Te voila satisfait barbare en apparence,
Ta rigueur se dispose à le faire mourir,
Mais, si ie n'y consens il ne sçauroit perir.
Si moy seule ie veux m'opposer à sa perte,
Dés le mesme moment sa prison m'est ouuerte ;
Quand mesmes tu l'aurois à la mort condamné,
Qu'il seroit aux Bourreaux mesmes abandonné,
Ie te ferois casser l'Arrest de son supplice,
Et renoncer soudain à toute ta Iustice ;
Soliman ton pouuoir n'esgale pas le mien,
Où ie puis tout sans toy, sans moy tu ne peux rien.
Ie ne me vante point de rien que ie ne fasse,

L

Oüy de ta cruauté j'arracheré sa grace;
Si tu ne changes point cette nuict de dessein,
Tu verras pour mon fils, ce que ie puis demain.

LE MVFTY.

A juger du passé ie crois que sa Hautesse
Ne se pourra parer des traits de vostre adresse,
Et que vous tirerez sans doute ce cher fils,
Du dangereux estat, ou son malheur l'a mis.

ROXELANE.

I'auray mesme besoin peut-estre de vostre ayde,
Afin qu'heureusement l'entreprise succede,
Mais pour y réüßir, & m'oster de soucy,
Allons en conferer en autre lieu qu'icy.

Fin du quatriesme Acte

ACTE V.
SCENE I.

SOLIMAN, LE MVFTY.

LE MVFTY.

SEigneur à tes souspirs donne quelque relâche,
Chasse de ta memoire vn penser qui te fâche,
Donne toy le loisir de bien considerer,
Que ton grand cœur en vain s'amuse à souspirer.
Toy qui cognois si bien l'ordre de la nature,
Tu sçais que quand vn corps est dans la sepulture,
De l'esprit, & du iour priué par le trespas,
Les pleurs, & les souspirs ne les luy rendront pas.
Quand vne fois la mort a mis entre ses ombres,
Ceux qui sont descendus dans ses demeures sombres,
Amis, Princes, parens, tentent de vains effors,
Pour faire retourner leurs ames dans leurs corps.
Mille, & mille moyens peuuent oster la vie,
Mais, lors que par l'vn d'eux elle nous est rauie

Nous sommes asseurez qu'il n'est point de retour,
Du tombeau sur la terre, & de la nuict au iour.
Consulte vn peu Seigneur toy-mesme ta science,
Et ce qu'à tout le monde apprend l'experience,
Vois ce qu'elle nous dit de la fatalité;
Le temps consomme tout, & tout est limité,
La mort depuis son reigne a declaré la guerre,
Ainsi qu'à leurs sujés, aux Maistres de la terre,
Et celuy que le Ciel fit naistre pour reigner,
N'a rien dans sa grandeur qui le fasse espargner.
Ainsi tu cognoistras (puisqu'il est veritable,
Que la mort est à tous vn mal ineuitable,
Et que le temps encor ne dépend pas de nous)
Que le Prince Selin estant semblable à tous,
La mort l'a pû traiter, comme elle fait les autres,
Ne rencontrant en luy qu'vn sort comme les nostres,
Et que de son trespas tu dois moins t'attrister,
Puisqu'aux loix du Destin on ne peut resister.

SOLIMAN.

Ah que vostre conseil est de mauuaise grace,
Mettez vous, mettez vous vn moment en ma place,
Et vous serez forcé, si vous sçauez aymer,
D'approuuer des souspirs que vous vouliez blâmer.
Figurez vous vn Prince au plus beau de son age,
Dont la haute prudence esgale le courage,

Reünissant en soy toutes les qualitez,
Qui font les Souuerains cheris, & redoutez ;
Vn Prince tout parfait, modeste, & politique,
Ferme, seuere, exact, sans estre tyrannique,
Doux, facile, & clement, sans foiblesse de cœur,
Adroit, sans estre fourbe, & juste sans rigueur ;
Enfin, figurez vous cet infortuné Prince,
Tout semblable au recit, qu'en faisoit sa Prouince,
Qui s'acqueroit par tout vn renom esclattant,
Tomber de son cheual, expirer à l'instant,
Et perdre auec le iour l'infaillible asseurance,
De joüir aprés moy de toute ma puissance,
Et me dites aprés si mon cœur ne peut pas,
Se plaindre du malheur qui cause son trespas.

LE MVFTY.

Seigneur ta plainte est juste, & dire le contraire,
C'est ne cognoistre pas l'affection d'vn pere,
Ce n'est que sa longueur que l'on pourroit blâmer,
Et n'aymer pas assez pour vouloir trop aymer.
Oüy c'est peut-estre là, ce qui cause ta perte
Si grande, si fâcheuse, & tristement soufferte.
Tu possedois deux fils en merites esgaux,
Pour la gloire, & l'honneur l'vn de l'autre riuaux,
Tous deux t'aymoient beaucoup, & taschoient à te
    plaire,

Mais tous deux n'ont pas eu l'amitié de leur pere,
Les respects de Selin ont gaigné ton Amour,
Celuy de Bajaset s'est fait voir en faux iour;
L'vn dans son procedé t'a paru fort sincere,
L'autre fourbe, meschant, ennemy de son frere,
Ces deux Princes ensuite estans venus aux mains,
On t'a veu du cadet condamner les desseins,
Bajaset est celuy dont l'ame genereuse
Passe dans ton esprit pour vne ambitieuse;
Tu crois que le second n'attaque son aisné,
Que pour ne le voir pas quelque iour couronné,
Et poursuit son trespas pour luy voler l'Empire,
Ou son ambition trop ardemment aspire.
Tu l'obliges encor de venir en ces lieux,
Montrer son innocence, ou son crime à tes yeux;
Il obeyt, il vient, & soudain ta colere
Embrassant contre luy l'interest de son frere,
Aussi-tost qu'il arriue, il se void arresté,
Et tout prest à perir par sa facilité;
Seigneur cette action vn peu precipitée
Reçoit la peine aussi, qu'elle auoit meritée,
Et si ie puis parler comme j'ay toûjours fait,
Le trespas de Selin en est le prompt effet;
T'abaisser pour ce fils à tant de complaisances,
Et pour faire cesser toutes ses deffiances
Vaines, & sans raison, pour sa vie, & son rang,

Luy vouloir immoler & son frere, & ton sang.
Mais puis que de ce fils enfin le Ciel te priue,
Il faut absolument, il faut que l'autre viue,
Tu n'as point d'heritier que luy de ton pouuoir,
Voudrois-tu nous priuer de nostre vnique espoir ?
Non, non, ie ne crois pas, que ta rigueur condamne
Ce dernier rejeton de la race Ottomane,
Et laisse son Estat aux plus ambitieux,
Alors que le trespas t'aura fermé les yeux.
Ah ce n'est pas aymer le bien de ton Empire,
Que de n'escouter pas le peuple qui soupire,
Et les larmes aux yeux te demande son bien,
Que le droit de reigner fait cesser d'estre tien.
Quand ce fils accusé, que tu crois si coupable,
Se verroit conuaincu d'vn crime punissable,
Quand il auroit failly contre toutes les Loix,
Seigneur il n'en est point pour les fautes des Roys,
Et l'heritier d'vn Roy du point de sa naissance,
Doit jouïr de leurs droits, s'il n'a pas leur puissance.
Rends donc à tes subjets ce qui leur appartient,
Vn bien que ta Hautesse injustement retient,
Et qu'enfin tu dois rendre à ceux qui le demandent,
La nature t'en prie, & les Loix le commandent.

SCENE II.

SOLIMAN, ROXELANE, LE MVFTY.

SOLIMAN.

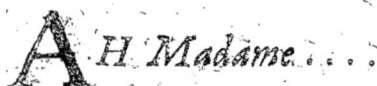H Madame.....

ROXELANE.

Seigneur, qui te fait fouspirer ?

SOLIMAN.

Vn tragique accident, qui vous fera pleurer.

ROXELANE.

Ce n'eſt pas d'aujourd'huy, que i'ay de ces allarmes,
Et c'eſt aſſez ſouuent, que ie verſe des larmes.

SOLIMAN.

Le Deſtin vous en donne vn ſujet tout nouueau,
Helas !

ROXELANE.

ROXELANE.

Parle Seigneur,

SOLIMAN.

Selin est au tombeau.

ROXELANE.

O fatale aduenture ! ô surprise mortelle !
Mais, qui t'a fait sçauoir cette estrange nouuelle,
Et la tiens tu pour vraye ?

SOLIMAN.

Ah ie n'en doute pas,
Celuy qui l'a veu mort m'asseure son trepas,
Et ce que m'en escrit son fauory luy-mesme,
Rend cette mort trop vraye, & ma douleur extréme.
Vn iour, comme il chassoit dans le plus fort d'vn bois,
Il perdit par malheur tous les siens à la fois :
Lors picquant son cheual pour retrouuer la chasse,
Dans des arbres pressés si fort il s'embarasse,
Qu'il en est renuersé si malheureusement,
Que tombant sur vn roc en ce fatal moment,
La teste rencontrant sa pointe meurtriere,
Il quitta par ce coup la vie, & la lumiere.
C'est de cette façon, que l'on m'a dit sa mort,
M

Et voila de Selin le deplorable fort.

ROXELANE.

O fort vrayement eftrange, ô fort trifte & funefte!
O déplorable effet de la fureur celefte!
Ah Selin! ah mon fils! ô mon cœur foûpirés,
Monftrés vous ma douleur, & vous mes yeux pleurés,
Selin n'eft plus viuant, ô perte irreparable!
Il eft auec les morts, difgrace infupportable!
Il eft au monument: il ne faut plus penfer,
Que ie puiffe iamais le voir, ny l'embraffer.
Aprés cet accident, inconfolable mere,
Il n'eft rien, qui vous puiffe icy bas fatisfaire.
Le ciel de quatre fils m'a fait mere autrefois,
L'impitoyable mort m'en a déja pris trois,
Et pour comble de maux cette mefme journée,
Peut-eftre du dernier finit la deftinée.
Ce fils feul, qui me refte eftoit tout mon trefor,
Et mon malheur, helas! m'en va priuer encor.
Eft-il vne conftance, affez grande, affez forte,
Pour fouffrir, fans mourir des malheurs de la forte?
Seigneur, fi ton amour pour mes foibles appas,
Subfifte encor en toy, ne me refufe pas;
Accorde à mes foûpirs la grace, que j'implore,
Mon fils eft prifonnier, mais il refpire encore,
Rends-moy, rends-moy ce fils, que j'efpere de toy.

Et songes, qu'à sa mort tu pers autant, que moy.
Ah Seigneur qu'attens tu ? seroit-il bien possible,
Qu'à mon affliction ton cœur fût insensible,
Veux-tu me refuser ?

SOLIMAN.

C'est assez, c'est assez,
Mon sang me presse autant, comme vous me pressez,
Quoy qu'il puisse avoir fait, son pere luy pardonne,
N'ayant plus qu'à luy seul à laisser sa Couronne.

ROXELANE.

Si ie n'eusse obtenu l'effet de mes desirs,
La mort auroit dans peu finy mes desplaisirs,
Mais de grace Seigneur, commande qu'on l'ameine.

SOLIMAN.

Je vay vous l'enuoyer, n'en soyez point en peine.

SCENE III.

SOLIMAN, ACHOMAT.

A CHOMAT.

SEigneur, que depuis hyer ton visage est changé.

SOLIMAN.

Ah mon cher Achomat, que ie suis affligé,
I'ay perdu de mes biens le plus considerable,
Et je puis justement dire le plus aymable,
Selin est au tombeau.

ACHOMAT.

Iuste ciel!

SOLIMAN.

De sa mort
On m'a fait ce matin le funeste rapport.

ACHOMAT.

Si ta perte Seigneur n'estoit pas si reſſante,
Et ton affliction ſi viue & ſi preſſante,
Ie te demanderois liberté de parler,
Et ma compaßion voudroit te conſoler.
Mais ordinairement la raiſon importune,
Quand on veut l'oppoſer à ces coups de fortune,
Il faut, que la vertu nous ayde à les ſouffrir,
Et laiſſe trauailler le temps à les guerir.

SOLIMAN.

Peut-il me conſoler d'vne perte ſi grande?

SCENE IV.

SOLIMAN, ACHOMAT, VN CAPIGI.

IBRAHIM.

LE CAPIGI.

S Eigneur....

SOLIMAN.

Que veux-tu dire?

LE CAPIGI.

Vn Courrier...

SOLIMAN.

Qu'il attende.

LE CAPIGI.

De la part de ton fils Seigneur il vient icy.

SOLIMAN.

De la part ?

LE CAPIGI.

De Selin, il me l'a dit ainsi.

SOLIMAN.

Sçais-tu ce que tu dis ? & viens tu temeraire,
Pour me r'ouurir ma playe, & me mettre en colere ?

LE CAPIGI.

Ie parle comme luy, ie ne dis rien de moy.

ACHOMAT.

Pour en estre esclaircy, Seigneur, qu'il parle à toy.

SOLIMAN.

Qu'il entre, j'y consens ; ie ne sçaurois comprendre,
Ce discours estonnant à moins que de l'entendre :
Que vois-je, juste Ciel ! est-ce vous Ibrahim ?

IBRAHIM.

Seigneur je viens icy de la part de Selin
T'apporter ce pacquet, il est de consequence,
Car il m'a fait courir auec que diligence.

SOLIMAN.

SOLIMAN.

Pour m'annoncer sa mort sçachés , qu'entre ses gens
Il s'en est rencontré , qui sont plus diligens.

IBRAHIM.

Ie t'asseure Seigneur quand j'ay quitté mon Maistre,
Qu'il estoit en santé , cela ne sçauroit estre ,
Du moins on n'auroit pû si tost t'en aduertir.

SOLIMAN.

Celuy qui me l'a dit, ne fait que de sortir.

IBRAHIM.

Ne puis-je luy parler Seigneur en ta presence?
Ie suis fort estonné de cette diligence ;
Ie n'ay point perdu temps , & ne sçaurois penser ,
Parti mesme aprés moy , qu'il m'ait pû deuancer.

SOLIMAN.

Qu'on me l'aille chercher , mais lisons cette lettre ;
O Ciel ! ô juste Ciel ! que dois-je m'en promettre ?

LETTRE.

LETTRE.

*S*Eigneur, puifque mon frere eſt allé deuers toy,

    Je crains, qu'auecque ſon adreſſe
    Il perſüade à ta Hauteſſe,
Qu'elle ſe doit enfin declarer contre moy.

※

Et ie crains, que la Reyne appuyant ſon deſſein
    Rende mes actions ſi noires,
    Qu'on ne void point dans les hiſtoires,
Vn homme comme moy ſi meſchant, ny ſi vain.

※

Mais Seigneur, Je te prie alors qu'ils parleront,
    Si tu leur donnes audiance,
    Garde vne oreille à ma deffenſe,
Incapable d'oüir tout ce qu'ils te diront.

※

Qui n'entend, qu'vn parti ne peut iuger des deux,
    Et jamais auecque l'abſence

              N

Ne se rencontre l'Innocence,
Où du moins pour l'absent l'Arrest est hazardeux.

❊

Permés moy donc Seigneur, que j'aille te trouuer,
Pour combattre deuant mon pere
Les artifices de mon frere,
Et diuertir le mal qui m'en peut arriuer.

❊

J'attendray cependant icy ta volonté,
Et t'asseure, que je souhaitte,
Que bien-tost nostre paix soit faitte,
Et que jamais par moy n'en rompra le traité.

SELIN.

SOLIMAN.

Quoy tu viurois mon fils, quel bon-heur, qu'elle joye?
Tu consens donc ô Ciel, encor que ie le voye,
Et tu ne me veux plus affliger desormais,
D'vn mal imaginaire, & qui ne fut iamais;
Mais ie me flatte en vain, les mauuaises nouuelles
Pour arriuer plûtost prennent toûjours des aisles,
Et celuy, qui m'a dit que mon fils estoit mort,

D'vne lettre d'Achmet confirme son rapport,
Tesmoignage qui rend la nouuelle certaine.

VN CAPIGI.

J'ay cherché le Courrier, mais j'ay perdu ma peine,
Et tous mes compagnons n'ont pas mieux reüſſy,
Aſſeurement Seigneur, il ne peut eſtre icy.

SOLIMAN.

Que l'on le cherche encor, & par toute la ville.

ACHOMAT.

Seigneur, cette recherche eſt peut-eſtre inutile,
Peut-eſtre ce Courrier ſi prompt, ſi diligent
A fait vn grand voyage auec vn peu d'argent.
Bajaſet de ſa courſe eſt peut-eſtre la cauſe ;
La Sultane pourroit en ſçauoir quelque choſe ;
Sans doute, qu'ayant vû Bajaſet en danger,
L'amour a cette feinte aura pû l'engager ;
Aſſés facilement tu peux l'aprendre d'elle ;
Dis que l'on t'a trompé d'vne fauſſe nouuelle,
Que Selin eſt viuant, qu'il n'eſt rien plus certain,
Et meſme fay luy voir cét eſcrit de ſa main.
Certes ſi ſon adreſſe a produit cette feinte,
Tu verras auſſi-toſt vne action contrainte,

N ij

Les sentimens du cœur, paroistront au dehors,
Quelques effors sur soy, qu'elle se face alors :
Tu la verras cacher d'vne joye apparente,
Le violent excés d'vne douleur cuisante,
Et d'vn air tout forcé rendre graces aux Cieux,
De ne luy pas oster vn fils si precieux.

SOLIMAN.

Ie m'en veux esclaircir, toy va querir la Reyne.
Sans doute ce conseil me tirera de peine ;
Ie sçauray si la mort ne m'a pas enleué
Ce cher fils, que mes soins ont si bien éleué,
Et verray si sa mort, dont mon cœur est en crainte
Pour conseruer son frere est vne pure feinte.

SCENE V.

SOLIMAN, ROXELANE, ACHOMAT.

SOLIMAN.

Madame grace au Ciel voſtre fils n'eſt point mort,
Et ce qu'on m'en a dit n'eſtoit, qu'vn faux rapport,
Il eſt encor viuant, luy-méme m'en aſſeure,
Et ſi vous en doutés, voyés cette eſcriture,
Ne ſoûpirés donc plus, faites treue aux douleurs,
Vous n'auez plus ſujet de repandre des pleurs.

ROXELANE.

Je me doute Seigneur, de ce que tu veux faire,
Tu veux adroitement conſoler vne mere,
De la mort de ſon fils, qu'elle aymoit tendrement,
En luy faiſant ſortir ce fils du monument.

SOLIMAN.

Ah Madame, croyez que voſtre fils reſpire,
Ne ſçauez-vous pas bien, qu'vn mort ne peut eſcrire?

Cette lettre est de luy, qu'on vient de m'apporter,
Aprés cette asseurance, il ne faut point douter.
Mais je ne comprens point cét excez, d'impudence,
Qui soûtient hardiment sa mort en ma presence,
Et ne m'estonne pas, si l'on ne trouue point
Cét esprit insolent, et fourbe au dernier point.
Mais qu'esperoit-il donc ce menteur temeraire
En trompant son Seigneur, en affligeant vn pere ?
Qu'est-ce qu'il pretendoit de cét acte effronté,
Se joüer seulement de ma credulité ?
Non non il pretendoit par là toute autre chose,
Et de sa fourbe enfin j'ay deuiné la cause ;
Vous aymez Bajaset, & vouliez empescher,
Qu'vn trespas violent vous le vint arracher,
Redoutant le succez d'vne mauuaise affaire,
Et vous auez voulu paraistre toute mere,
Sans que, ny le respect que l'on me doit porter,
Ny l'horreur d'vn mensonge ait pû vous arrester.
D'vn menteur asseuré vous vous estes seruie,
Qui m'a fait mon fils mort, quand il estoit en vie ;
Mais pour mettre le comble à ce hardy dessein,
On contrefait d'Achmet l'escriture & le sein,
Et si parfaitement que je n'ay pû connaistre,
Que l'on m'auoit trompé par vne feinte lettre,
Qu'au moment qu'Ibrahim auec que cét escrit,
Est venu restablir le calme en mon esprit.

Madame avoüez donc, qu'auec que cette feinte
Vous vouliez deliurer vostre cœur de sa crainte,
Vous vouliez garantir Bajaset du trespas,
Croyant, que Soliman ne se resoudroit pas,
De donner vn Arrest, qui luy seroit funeste;
S'il eust vû de ses fils qu'il eust esté le reste;
Aduoüez-donc Madame, aduoüez·donc enfin,
Que vous auez forgé ce trespas de Selin,
Et me rendez sur l'heure, afin qu'on le punisse
Le criminel agent de tout vostre artifice.

ROXELANE.

Seigneur, par ce discours tu me fais assez voir,
Que tous mes ennemis ont sur toy grand pouuoir,
Puisque par leurs conseils je me vois accusée,
D'auoir insolemment ta hautesse abusée.
Mais ils soûtiennent mal leur accusation,
Qu'elles preuues ont-ils pour ma conuiction ?
S'ils en ont, me voicy toute preste à respondre;
Parlez mes ennemis, je m'en vais vous confondre.

SOLIMAN.

Ne vous emportez point, confessez seulement....

ROXELANE.

Quoy Seigneur ?

SOLIMAN.

Vostre fourbe,

ROXELANE.

Ah rude traitement !
Soliman suborné par vn flateur infame
Le veut absolument croire contre sa femme !

SOLIMAN.

Mais pourquoy me vouloir cacher la verité ?

ROXELANE.

Pourquoy me maltraiter pour vne fausseté ?

SOLIMAN.

Vous ne voulez donc pas vous aduoüer coupable ?

ROXELANE.

Je ne l'auoüeray point, s'il n'est pas veritable.

SOLIMAN.

Ny remettre en mes mains aussi cét imposteur,
Qui m'a par ses discours causé tant de douleur ?

ROXELANE.

ROXELANE.

Möy le mettre en tes mains , si je connois cét homme,
Si je sçay quel il est , & comment il se nomme. . . . .

SOLIMAN.

Quoy toûjours s'obstiner contre ma volonté ?
Ah c'est trop abuser enfin de ma bonté ;
Ce n'est donc pas assez de la premiere offence ,
Vous en faites vne autre auec mesme insolence ,
Hé bien continüez , & ne m'aduoüés rien ,
De ces desguisemens je vous puniray bien.
Bajaset a failly , je veux rendre justice ,
Son trepas sur le champ sera vostre suplice ,
L'estat ne voyant plus en luy mon successeur
Souffre , que de nos Loix il sente la rigueur.

ROXELANE.

Ah Seigneur, prens mieux garde à ce que tu veux faire,
Et ne te laisse pas vaincre par la colere ,
Tasche de surmonter vn si boüillant transport.

SOLIMAN.

Aduoüez moy donc tout pour empescher sa mort ,
Autrement vos soûpirs , vos prieres , vos larmes

Pour en parer le coup sont d'inutiles armes.
Confessez ;

ROXELANE.

Mais Seigneur, que puis-je confesser ?

SOLIMAN.

Hé bien il mourra donc.

ROXELANE.

Quoy tu me veux forcer
Par la peur de sa mort d'auoüer vne chose,
Dont tu n'as point de preuue, & qu'vn flateur m'impose ?

SOLIMAN.

Ah c'est trop de discours, aduoüez promptement,
Ou ce fils tant aymé ne viura qu'vn moment.

ROXELANE.

Seigneur accorde moy la grace de m'entendre.

SOLIMAN.

Vostre superbe esprit ne veut donc pas se rendre,
Il ne demordra rien de toute sa fierté,
Et je ne puis gaigner d'estre plus respecté ?

Qui vient de m'offenser dans sa faute persiste,
A mes commandemens obstinement resiste :
Mais c'est trop differer ce que j'ay resolu ,
Vous verrez des effets d'vn pouuoir absolu :
C'en est fait , Bajaset va mourir tout à l'heure.

ROXELANE.

Hé bien pour empescher, que ce cher fils ne meure ,
Je te confesseray tout ce que tu voudras ,
Mais aussi promés moy de ne le perdre pas :
Je te demande encor vne seconde grace,
Tire le de prison , afin que je l'embrasse,
Et tu sçauras de moy ce que tu veux sçauoir.

SOLIMAN.

A la fin vous r'entrez dedans vostre deuoir ,
Cette soûmission est ce que je demande,
Ie veux qu'on m'obeïsse , alors que je commande.
Mais pour vous témoigner que ie suis satisfait,
D'vne grande bonté voyez vn grand effet.
Amenez Bajaset ; ;

ROXELANE.

O joye inesperée ,
O bon-heur surprenant serés vous de durée ,
Me rend-on Bajaset pour ne plus me l'oster ,

O ij

Ne me reste t'il point sa vie à souhaiter,
Et l'ostant de prison permet-on, que j'espere,
Que son pere aujourd'huy le va traiter en pere?
Ah reprens pour ce fils des sentimens d'amour,
Et qu'aprés la rigueur la clemence ait son tour.

SCENE
DERNIERE.

SOLIMAN, ROXELANE, BAIASET,
A CHOMAT.

SOLIMAN.

MAdame le voicy tenez vostre promesse.

ROXELANE.

Il est juste, & ie dois contenter ta hautesse.
Ie me vais accuser pour le rendre innocent,
Tant l'amour d'vne mere est parfait & puissant.
Seigneur, lors que j'ay sceu qu'il viendroit à ta porte,
Craignant, que de Selin la brigue y fut plus forte,

J'ay voulu m'asseurer contre ses partisans :
Et comme l'on peut tout auecque des presens,
I'ay gaigné deux soldats des troupes de son frere
Qui feignans que Selin tâchoit de s'en deffaire,
Luy dirent qu'ils auoient cette commission,
Et l'auoient acceptée auec intention,
Que d'autres moins zelés à luy rendre seruice
Ne se chargeassent pas d'vne telle injustice,
Il les crût aisement, il le pouuoit aussi ;
Iusques là mon dessein auoit bien reüssi,
Bajaset accusé d'vn dessein tout semblable
En se iustifiant rendoit Selin coupable,
Mais soudain ta grandeur l'a fait mettre en prison
Dont ie n'ay pas pû mesme apprendre la raison :
Alors quand ie l'ay vû dans ce danger extréme,
I'ay voulu me seruir d'vn meilleur stratagéme,
I'ay feint adroitement, que son frere estoit mort,
Pour rendre mon dessein par son trepas plus fort,
Esperant d'obtenir auecque cette feinte
Ce Prince, ce cher fils, ce sujet de ma crainte ;
Ie voulois le tirer de prison seulement,
Apres j'aurois pourueu pour son esloignement.
Mais ie commance à voir, qu'il ne faut plus attendre,
Qu'vne feinte le sauue, & puisse me le rendre ;
C'est de toy seulement, que ie dois l'esperer,
Tu peux seul aujourd'huy m'empescher de pleurer ;

Tire moy donc Seigneur de mon inquietude.

SOLIMAN.

Vous merités encor vn traitement plus rude,
Et tout autre que vous aprés m'auoir deceu,
En auroit le trepas pour chastiment receu;
Mais à vous ie pardonne vne faute si grande,
Et la veux oublier, pouruen que l'on me rende,
Celuy qui m'a trompé par vostre ordre aujourd'huy,
Pour en faire vn exemple aux menteurs comme luy:
Bajaset. Pour vous, si vous voulez apaiser ma colere,
Reconciliez vous auecque vostre frere,
Ayez amour pour luy, rendez luy du respect,
Et qu'vn frere si bon ne vous soit plus suspect:
Malgré vos differends ie sçais bien qu'il vous ayme,
Il souhaite la paix, il vous l'offre luy mesme,
Cette Lettre en fait foy, ne la refusez pas,
Et n'entretenez plus la guerre en mes Estas :
Je vous sors de prison, sur la seule esperance,
Que ie verray l'effect de vostre obeïssance;
Par la soumission il vous faut racheter
Le iour que iustement ie pouuois vous oster.

BAIASET.

De mon obeïssance il n'est rien qu'il n'obtienne,
Seigneur, ta volonté dispose de la mienne;

Pour te rendre content j'accepte cette paix,
Et me remés à toy de tous mes interets,
Seur que dans le traicté ta supréme Justice
Ne luy donnera rien à nostre prejudice.

SOLIMAN.

Oüy ie vous traiteré tous deux esgalement,
N'ayant pour mes deux fils qu'vn mesme sentiment,
Vne mesme tendresse, vn mesme amour de pere,
I'ayme autant Bajaset comme j'ayme son frere;
Mais aprés vous auoir traité si doucement,
Je demande de vous vn esclaircissement:
Mustapha le rebelle en mourant vous accuse,
Que ie sçache mon fils, si ce traistre m'abuse,
Il vous nomme l'autheur de sa rebellion,
Pouuez-vous refuter cette accusation?
Il dit, que par vostre ordre, & qu'afin de vous
 plaire,
Il se faisoit nommer Mustapha vostre frere,
Qu'il trauailloit pour vous par cette fiction,
Sans vouloir s'agrandir, & sans pretention
De ce nom qu'il prenoit, & de cet artifice,
Et qu'il s'estoit perdu pour vous rendre seruice.
Que pouuez vous mon fils respondre la dessus?

BAIASET.

SOLIMAN.

Que ie suis estonné, si iamais ie le fus,
Non de voir qu'vn menteur se pare d'vn mensonge,
Pour sortir du danger, ou son crime le plonge,
Mais de voir que mon pere escoute contre moy
Vn homme comme luy menteur, traistre & sans foy.
Seigneur ce traitement que me fait ta Hautesse
Pour vn fils (bon sujet) a beaucoup de rudesse,
Il faut tout mon respect, pour n'en pas murmurer,
Et mon cœur ne sçauroit encor le digerer;
Qu'à present ie suis mal Seigneur, en ton estime,
Tu crois que mon esprit ne se porte qu'au crime;
Par mon ambition desoler tes Estats,
Aborrer mon aisné, souhaiter son trespas,
Gager des assassins pour cet acte execrable,
De tant d'impieté m'estre rendu coupable,
Et couronner enfin cette belle action
En portant vn esclaue à la rebellion . . . .
Ie n'ay point la dessus de response à te faire,
Ie ne sçaurois parler, la douleur me fait taire,
Si tu juges Seigneur, que ie sois criminel,
Mes iours sont en tes mains, traite-moy comme tel,
I'ayme mieux le trespas, qu'vne si triste vie,
Que tes crüels soupçons m'ont a moitié rauie.

SOLIMAN.

Certes par ce discours trop vain, trop insolent,

Vous

Vous montrez vostre esprit altier & violent,
Mais encore qu'il soit digne de ma colere,
Ie veux vous faire voir que ie suis vn bon pere;
Ie crois que ce qu'a dit contre vous vn menteur,
N'est rien qu'vne imposture, & ressent son autheur;
Peut-estre parloit-il pour conseruer sa vie,
Peut-estre que c'estoit par hayne, & par enuie,
Peut-estre disoit-il aussi la verité :
I'aurois lieu de douter d'vn & d'autre costé.
Mais comme a demesler l'affaire est trop obscure,
I'ayme mieux escouter la voix de la nature,
Elle parle pour vous, ie suis de son party,
Et ie croiré plustost que ce traistre a menty.

BAIASET.

Seigneur cette croyance est iuste & veritable,
Mais encar que par là ie ne sois point coupable,
I'ay besoin d'vn pardon que i'ose demander,
Mes feux . . . .

SOLIMAN.

Le mien esteint vous le fait accorder,
I'ay chassé mon amour hors de ma fantaisie,
Et de plus cognoissant ce que vaut Aspasie,

P

Si iamais vous pouuez diſſiper cette erreur,
Qui porte ſon eſprit iuſques à la fureur,
Ie vous donne auſſi-toſt cette aymable perſonne,
Dont l'inſigne vertu vaut mieux qu'vne Couronne.

Fin du cinquieſme & dernier Acte.

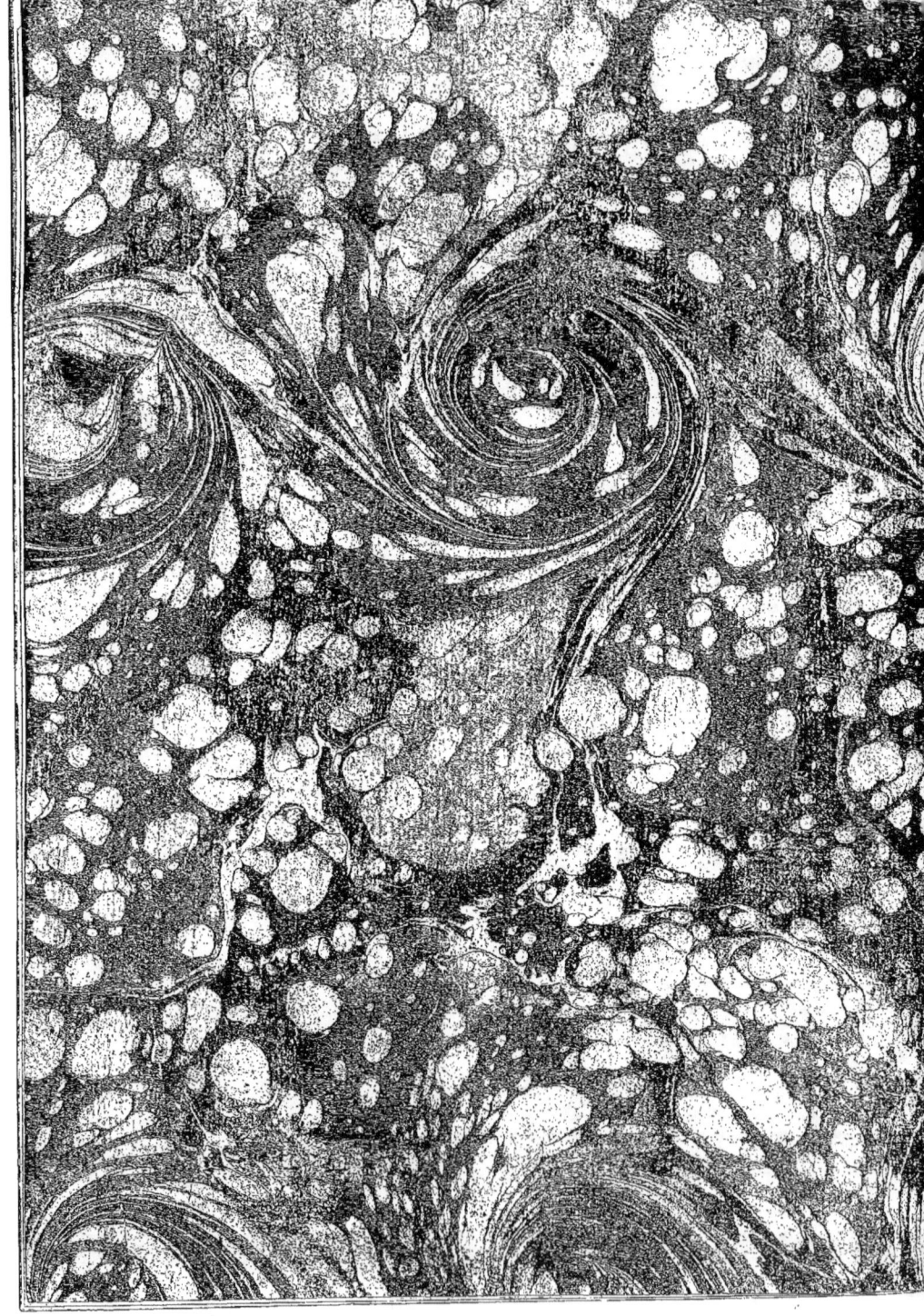

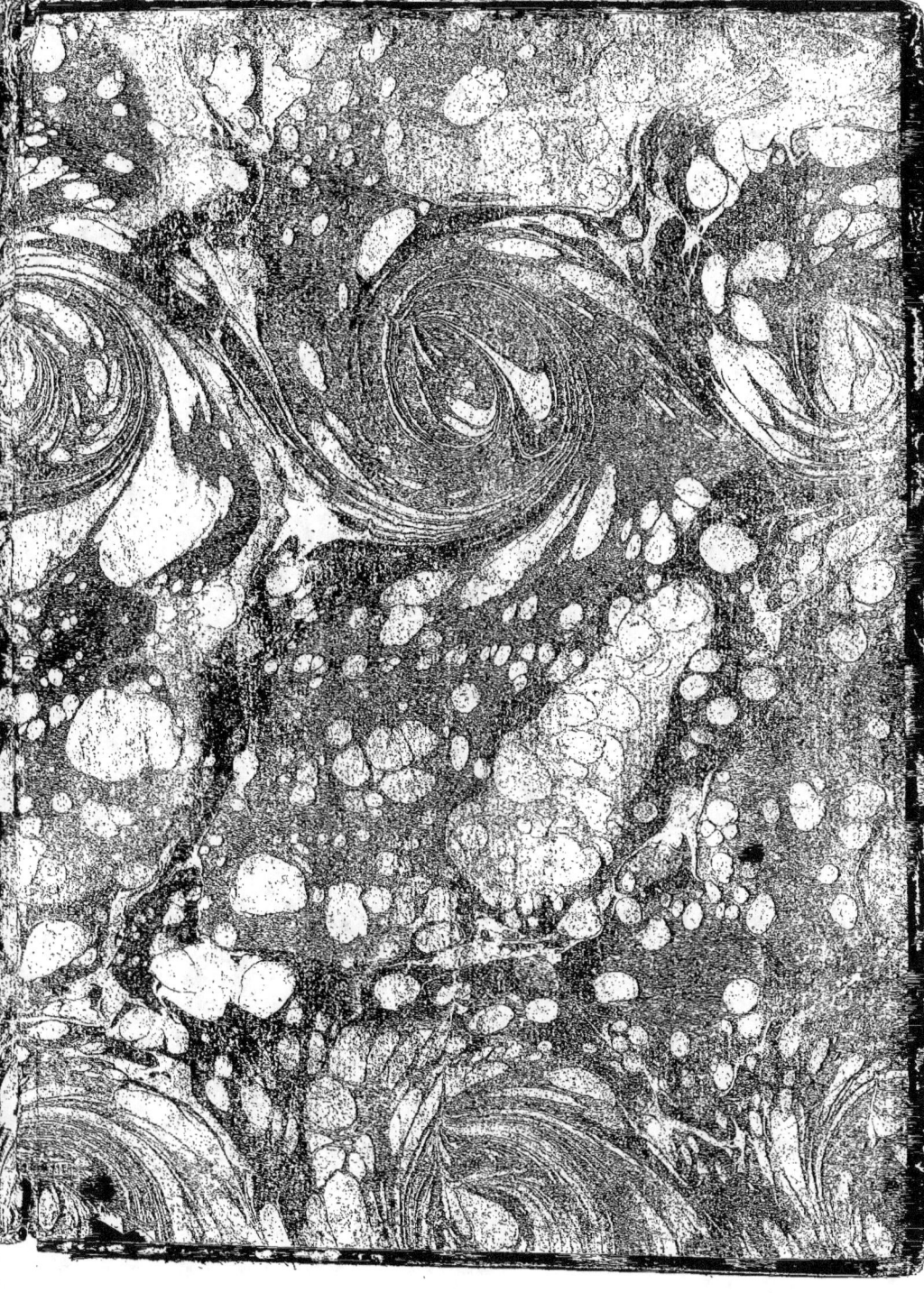

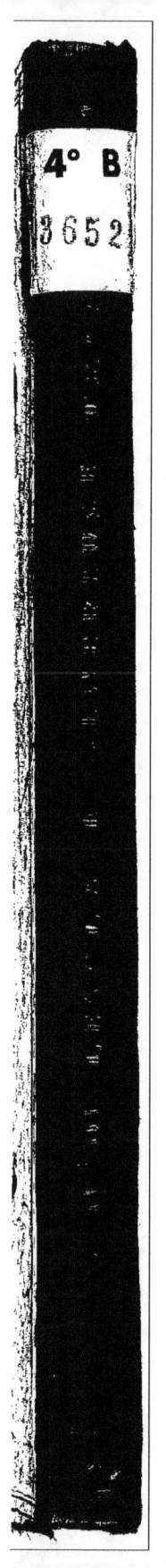

www.ingramcontent.com/pod-product-compliance
Lightning Source LLC
Chambersburg PA
CBHW060817250626
47162CB00005B/1836